2
三嶋与夢
illustration
高峰ナダレ
あたしは星間国家の
I am the Heroic Knight of the Interstellar Nation
英雄騎士!

チェンシー
Jiangxi

「そこまでだ。双方、下がりなさい」
「クラウス――騎士長？」
クラウス
Klaus
エマ
Emma

モリー
Mollie

サイレン
Siren
「可愛い女の子が
騎士を目指した理由が
気になったのよ」

『騎士なんて言っても、
ただの駒の一つ。
お貴族様たちにとっては、
使い捨ての命』
シレーナ
Sirena

AG007-M921G [M]
ゴールド・ラクーン
GOLD RACCOON

CONTENTS

I am the Heroic Knight of the Interstellar Nation

あたしは星間国家の英雄騎士！ 2

I am the Heroic Knight of the Interstellar Nation

三嶋与夢

illustration
高峰ナダレ

イラスト／高峰ナダレ

プロローグ

一人の少女が草原に立っていた。

心地よい風が吹いて草を揺らし、そして空は青空が広がっていた。

太陽が照りつけているのに熱くはなく、むしろ涼しいくらいだ。

少女は白のワンピース姿であり、麦わら帽子をかぶっている。

風に飛ばされないように右手で押さえ、左手には食べ物が入ったバスケットがあった。

「あれ？　あたしは何を――」

辺りを見回す少女は、これから自分が何をするはずだったのか思い出せない。

少し心細くなっていると、向こうから男性が歩いてくる。

白いシャツに黒のスラックスというラフな恰好《かっこう》をした若い男性だ。

顔はボンヤリとして見えないのだが、少女は若い男性――青年に気付いて手を振る。

長くも短くもない黒髪なのは何となく理解した。

駆け出して青年に近付いた。

自分でも信じられないのだが、この青年は知り合い――深い関係にあると理解していた。

「遅いよ～。待っていたんだからね」

青年は少しばかり困った顔をしていたが、少女からバスケットを受け取り、腕を組んで歩き始める。

微笑《ほほえ》んでいる青年——だが、顔はよく見えない。

少女は青年の腕を抱きしめる。

「ねぇ、これからどこに行く？　それともお昼かな？」

食い意地を見せる少女に、青年は微笑んでいた。

青年がバスケットを持った手で、草原の先にある一本の木を指し示す。

それはまだ若い木だった。

細く頼りない。

それでも、青々とした葉を持っていた。

「あそこに行きたいの？」

青年が頷《うなず》くと、少女は満面の笑みで応える。

「うん、いいよ！　あたしも行きたいから！」

そのまま青年と二人で、一本の木を目指して歩き始める。

少女が青年の顔を見上げたところで——。

◇

薄暗い広い部屋には、液体に満たされたカプセルが斜めの状態で並べられていた。

カプセルの数は数百と多く、カプセル内の液体は淡く発光しており暗い部屋を薄暗い程度に照らしている。

カプセルが並べられて作られた道を歩くのは、白衣を着用した者たちだ。

一つ一つのカプセルには、裸の女性たちが入れられている。

白衣を着た者たちは、カプセル内の状態を確認している。

その中の一人が、腕時計型の端末で時間を確認すると小さく頷く。

周囲の同僚たちに視線を向けると、頷き返した。

白衣を着た女性が端末を操作すると、天井の照明が点《つ》けられて一気に部屋が明るくなった。

「覚醒準備に入ります」

女性がそう言うと、職員たちが慌ただしく動き始める。

「一番から三十番までを先に覚醒させるわよ」

「三十一番以降は二十分おきに覚醒させます」

「第一陣が目覚めるわよ。全員、着る物を用意してあげて」

騒がしくなる中、液体で満たされたカプセル内で一人の少女が目を覚ます。

緑色の液体は僅かに粘着性を持っており、体を動かす際には抵抗を感じる。

最初は寝起きとあって思考がボンヤリしていた。

目覚めた少女――【エマ・ロッドマン】中尉は視界で、自身の茶髪が液体の中でゆらゆらと動く中、手を動かす。

握り、開き、と繰り返すこと数回。

次第に意識もハッキリしてきて、今の状況を理解する。

(あぁ、そうか。教育カプセルに入ったんだ。——何か、凄《すご》く良い夢を見たな)

知らない青年と草原でデートをする夢を見ていた。

(あたし、男の子と付き合ったこともないんだけどね)

自分がどこにいるかを思い出すと同時に、カプセル内の液体が排出された。

カプセルが斜めの状態からゆっくりと起き上がると、続いて透明なハッチが開く。

エマは僅かに体の重さを感じながらも、カプセルの外へと出た。

そこに待っていたのは、白衣を着た女性職員だ。

教育カプセルを管理する技術者にして、医療的な知識も持ち合わせている人たちだ。

エマの顔を見て微笑みかけてくる。

「短期教育お疲れ様でした。今回は一週間でしたので、リハビリの必要もありません。数日は体が重く感じるでしょうけどね」

彼女たちからバスローブを受け取り、まだ覚めきらない頭で袖を通す。

「ありがとうございました」

濡《ぬ》れた体でフラフラと歩くと、部屋の中にある他のカプセルも次々に開いていく。

そこから出てくるのは、主に仲間たち——軽空母メレアの女性クルーたちだった。

エマがボンヤリと眺めていると、隣にあったカプセルから裸の女性が這《は》い出てきた。

なのだが、そのまま床に倒れ込んでしまう。

倒れ込んだのは同じ小隊の整備兵【モリー・バレル】一等兵だった。

普段はツインテールにしている赤茶色の髪は結ばず、大きな胸を晒《さら》して倒れている。

カプセル内の液体に僅かに粘り気があることもあって、出てきたモリーはまるでローションに濡れたような姿をしていた。

「モリー!?」

エマが心配してモリーに抱きつき、上半身を起こしてやる。

少し遅れて女性職員たちが集まってくると、すぐにモリーの状態を確認しはじめる。

「大丈夫ですか!?」

「――ん？」

意識を取り戻したモリーは、顔を上げてエマに気付くと、そのまま瞳を潤ませる。

「エマちゃん――うち――うち――」

「どうしたの!?　何か問題があったの!?　と、とにかくお医者さんたちに診てもらおうね！」

慌てるエマだったが、モリーは裸のまま両手をお腹《なか》に当てて言う。

「お腹空《す》いたよぉ～」

直後、空腹であるエマのお腹が鳴り、周囲も頬を引きつらせる。

女性職員が呆《あき》れた顔をするが、ため息を吐《つ》くと苦笑しながら安堵《あんど》していた。

「寝起きで空腹を訴えてくるなんて元気な証拠ですね。でも、起きたばかりですからね。最初は胃に優しい食べ物を選んでくださいよ」

女性職員がモリーにバスローブを掛けてやり、それから他のカプセルへと向かう。

モリーはエマに助けられながら立ち上がると、バスローブに袖を通した。

「うちは教育カプセルってなんか苦手なんだよね」

カプセルから出るなり、苦手だと言うモリーにエマは苦笑する。

だが、その気持ちは理解できた。

「わかるよ。眠っている間は無防備になるし、変な知識を入れられないか不安もあるからね」

教育カプセルとは非常に優れた装置だ。

眠っている間に知識を頭の中に入れて、肉体までも強化してくれる。

この世界になくてはならない装置の一つだろう。

しかし、眠っている間は完全に無防備となるため、教育カプセルには大きな不安もあった。

悪意のある何者かに侵入され、何かされても防ぎようがないためだ。

不安を口にする二人に、通りがかった女性職員が堂々とした態度で答える。

「問題ありません。他は不明ですが、バンフィールド家では常に我々が注意しています。

それに、監視カメラで人工知能が見張っていますからね」

カプセルの使用者を不安にさせないため、この手の話題には堂々と答えるようにしているらしい。

言うだけ言って、女性職員は作業に戻っていく。

説明を聞いたモリーだが、その顔は納得していなかった。

「頭では理解できていても、納得はできないよね」

モリーの素直な感想に、エマは苦笑するしかなかった。

「どうしても気になるなら、監視映像を確認できるよ」

提案するも、モリーは映像を確認するのが面倒らしい。

「そこまではしたくないかな。それより、お腹が空いたから体を洗おうよ。カプセルの液体がベタベタして気持ち悪いし」

「そうだね」

二人は体を洗うために部屋を出て行く。

◇

教育カプセルがある施設。

そこは大きな病院を思わせるような造りになっている。

使用者たちは病衣を着用し、カプセルから目覚めた後はすぐに退所せずに数日を施設で過ごすことになる。

食堂も用意されているが、ここでは胃に優しい食べ物ばかりが用意されていた。

そこで粥《かゆ》のような食べ物を不満そうに食べるモリーを見ながら、同じ物を食べ終えたエマが端末を操作しながら話を振る。

「次の任務は――第七兵器工場だね」

エマの話題に反応するのは、隣に座っていた同じ第三小隊に所属する男性パイロット【ラリー・クレーマー】准尉だ。

前髪が長く、片目が隠れている細身の男は、エマの話を聞きながらまずそうにお粥のような食べ物を口に運んでいる。

「カプセルから目覚めたばかりなのに、もう次の任務かよ。それにしても、僕たちがわざわざ兵器工場に行く理由があるのかな？」

皮肉屋なラリーの不満に、エマは騎士学校で学んだ知識を披露する。

これからの任務に意味があると教えるためだ。

「ありますよ。バンフィールド家は大半の兵器を第七から購入しているので、オーバーホールや改修をする際は届ける必要がありますからね」

ラリーは興味なさそうにしていたが、エマの話にモリーが食いつく。

第七――第七兵器工場に向かうと聞いて、随分と嬉《うれ》しそうにしている。

「第七の新型が見られるのは嬉しいよね。けど、うちらも一緒に行く意味があるとは思えないのはラリーと一緒かな」

兵器の受領のために自分たちが向かう意味は何か？　その問いに、より詳細に答えようとしたエマだったが。

「待ってね。それは騎士学校で習ったような気がする。――あ、あれ？　思い出せない」

焦るエマを見て、モリーとラリーはそれぞれ苦笑し、呆れていた。

教育カプセルで知識を叩《たた》き込まれようと、使わずにいれば思い出せなくなる。

日々の継続がいかに大事かというのを思い出したエマだったが、そこに思ってもいない答えが出てくる。

トレーを持って現れたのは、こちらも第三小隊の仲間である【ダグ・ウォルッシュ】准尉だった。

短髪に髭《ひげ》を生やした中年男性に見える男は、軍隊での暮らしが長い。

そのため、エマが忘れ去った知識もしっかり覚えている――わけではなかった。

軍隊生活が長いダグなりの解釈を披露する。

「受け渡しが面倒だから、人員ごと送るのさ。受領して、そのまま慣熟訓練も済ませた方が楽だろう？　貴族様たちからすれば、俺たちも艦隊を動かす部品と同じってことだな」

ダグの捻《ひね》くれた答えを聞いたモリーが、しきりに頷いていた。

「あ～、そういうことね。オッケ～、把握したわ」

ラリーの方は、部品扱いを受けていると聞いて面白くなさそうにしていた。

「嫌な話ですよ」

納得してしまった二人に対して、エマは立ち上がって否定をする。

「違います！　違いますからね！」

軍が兵士を部品扱いしているなどと思われては迷惑、というのもあるが、エマにしてみればバンフィールド家の軍隊は憧れへの第一歩――正義の味方である。

その頂点に君臨する領主様に対して強い憧れを持っている。

エマが正義の騎士を目指した理由――それは、バンフィールド家の当主である伯爵の影響が強い。

そんな憧れの人が率いる軍隊が、兵士を部品扱いしているなどと言われては黙っていられなかった。

強く否定するエマを呆れた顔で見ているラリーは、持っていたスプーンを向けてくる。

「どうだかね。うちの軍だけでも億単位の人間が所属しているんだ。上の連中は兵士なんて数字としか見ていないはずだよ」

エマが否定しようとすると、この話題を面倒と感じたダグが頭をかいていた。

「お嬢ちゃん、俺が悪かったから話を変えようぜ。もっと楽しい話をしよう」

「お嬢ちゃんじゃありません、隊長です。隊長！　皆さん、あたしが上官だって忘れていませんか!?」

第三小隊を率いる自分に対して、少しも敬意を払わない部下たちにエマはムッとした表情をする。

そんなエマの訴えを聞き流しながら、ダグは本題に入る。

「それなら隊長さんにお知らせだ」

ダグは自分の腕時計型の端末を操作すると、エマたちの目の前に第七兵器工場へ送られる艦隊の一覧を表示した。

四人が同じスクリーンを凝視する。

モリーは艦隊の規模に驚いていた。

「三千隻？　こんなに送ったら第七も迷惑じゃない？」

ラリーは何か思い出したのか、しきりに頷《うなず》きながら話す。

「改革後に買い漁《あさ》った艦艇じゃないかな？　耐用年数が迫っている艦艇も多いし、整備か下取りで買い換えるつもりだろ？」

送られる艦隊の中には、軽空母メレアの艦名もあった。

ただ、こちらは「改修予定」という文字も付け加えられている。

他の艦がオーバーホールや買い換えとなっている中、改修予定というのは目立っていた。

自分たちの状況を悲観したダグは、大きなため息を吐く。

「うちの母艦はとっくに耐用年数が過ぎている。それなのに上層部の連中は、改修をしてまだ使い続けるつもりだ。左遷先には相変わらず冷たいな」

メレアが所属している辺境治安維持部隊は、バンフィールド家内部では左遷先と呼ばれていた。

その扱いの悪さに三人が不満そうにしているのを見て、エマは何も言えなくなる。

（メレアはとっくに耐用年数が過ぎて、破棄されていてもおかしくないのは間違いないけど）

何百年も前の戦艦だ。

ついでに劣悪な環境で運用されたため、整備面で幾つもの問題を抱えている。

何世代も前の軽空母であるため、性能面にも問題がある。

多少頑丈という取り柄はあるのだが、本当にそれだけだった。

四人が意気消沈していると、ダグが気分を変えるためかスクリーンを切り替えた。

「――それで、今回全軍を指揮するのはクラウスって奴《やつ》だな」

ダグの話を聞いて、すぐにラリーが眉間に皺《しわ》を寄せて反応する。

「階級を無視して騎士様のご登場ですか」

騎士様――敬称を付けてはいるが、そこには侮蔑的な意味が込められているようにエマには聞こえた。

ラリーは騎士に対して、強い怒りを抱いているらしい。

ここで何を言っても解決しないと思ったエマは、ダグの用意した資料に目を向ける。

（騎士ランクはBで、階級は中佐――【クラウス・セラ・モント】中佐か。聞いたことが

ない名前だ）

無名である騎士の名前を眺めていると、ラリーがクラウスを話題に出す。

「それにしても、クラウスなんて聞いたこともない騎士ですよね。それに中佐ですよ。この規模の艦隊を率いるのに、階級が足りないと思いますけどね」

名もなき騎士の一人が率いるには、随分と規模が大きい。

モリーはどうしてクラウスが選ばれたのか勝手な予想をしている。

「上にコネがあるとか？　もしくは、どうせ第七に行って戻ってくるだけだし、誰でも良かったんじゃないの？」

たいして興味もないダグは、安易にモリーに同意していた。

「うちは騎士も人手不足だからな。こんな騎士様でも使わないと回らないんだろ」

人手不足と言ったダグの視線だが、一瞬だけエマを見ていた。

それに気付いたエマは、ムッとするが言い返せない部分もあるため何も言わない。

自分には足りない物が多すぎる自覚はあった。

視線をクラウスの名前に向ける。

（クラウス・セラ・モント中佐か――どんな人なのかな？）

◇

小惑星が幾つも漂う宇宙。

そこには、宇宙戦艦や機動騎士の残骸が漂っていた。

残骸になったばかりの機動騎士は、破壊された部分から放電している。

ぎこちなく頭部を動かしながら、自分たちを殺そうとする存在を見ていた。

『薄汚い傭兵《ようへい》共が』

破壊されたのは、統一軍の辺境守備隊だった。

この周辺宙域の見回りをしていた彼らに向かって、敵である機動騎士のパイロットはコックピット内部で冷ややかに笑っている。

「私にとっては褒め言葉よ」

返事をした直後に操縦桿《かん》を動かすと、機動騎士の右手に握った剣が相手のコックピットを貫いた。

パイロットの女性がヘルメットを脱ぐと、輝くような白い髪が無重力状態のコックピットでふわりと広がる。

肌は白くてきめ細かく、パイロットスーツの上からでもスタイルがいいのが見て取れる。

とても美しい魅力的な女性パイロット――しかし、彼女の瞳は濁っていた。

輝きを失った緑色の瞳は、自分が倒した機動騎士を見ている。

そこには感情がなかった。

「さっさと降伏すれば殺さないであげたのに」

傲慢な台詞《せりふ》を呟《つぶや》くと、彼女の味方である機動騎士たちが集まってきた。

機動騎士たちの左肩には傭兵団名にもなっているキク科の花「ダリア」のマークが描かれている。

巨大傭兵組織「ヴァルチャー」に所属する傭兵団の一つだが、女性パイロットが率いるダリアは実力者集団だ。

『シレーナ団長、こっちも終わりましたよ』

『統一軍の部隊は交渉できないので面倒ですね』

『帝国なら、小銭をチラつかせれば見逃してくれるのにね』

集まってきた機動騎士から聞こえてくるのは、女性パイロットたちの声だ。

先程まで戦闘をしていたのに、随分と陽気だった。

緩んだ雰囲気。本来ならば、団長として気を引き締める場面だろう。

だが、【シレーナ】は部下たちを咎《とが》めない。

むしろ、そんな陽気な部下たちを気に入っている。

「全員無事なようで何よりだわ。それにしても、海賊の護衛なんて引き受けるものじゃないわね。報酬は悪くなかったけど、統一軍の辺境部隊とやりあうなら割増しにしておくんだったわ」

シレーナが率いるダリアが引き受けた依頼は、統一政府内で活動する海賊団の護衛だった。

彼らが輸送しているのは、統一政府が禁止している品ばかり。

つまりは密輸だ。

その護衛をダリアが引き受けていた。

仲間の一人が尋ねてくる。

『この依頼もそろそろ終わりですね。次はどこかの戦場に向かいませんか？　もっと大きく稼ぎましょうよ』

戦争に参加して大きく稼ぎたがる部下は、どうやらもっと功績を立てて出世――傭兵として名を上げたいらしい。

そんな部下の言葉に、シレーナは冷めた態度で答える。

「次の依頼なら決めているわ」

機動騎士たちが戦場を離れて母艦へと向かっていく途中、シレーナは次の依頼について話をする。

「――帝国の第七兵器工場への襲撃よ」

シレーナから聞かされた依頼内容に、部下たちは一瞬声を失ってしまった。

数十秒が過ぎ、一人の部下が確認してくる。

『本気ですか？』

帝国の兵器工場を狙えという話に、部下たちが尻込みしていた。

随分と危険な任務だと思ったのだろうが、シレーナは肩をすくめて内容を話す。

「ある機体の鹵獲《ろかく》、もしくは破壊を依頼されたわ。依頼を果たしたら、即座に撤退して終わりよ」

『それなら、まぁ。でも、なんでそんな面倒な依頼を？』

「理由なんて探る必要はないわ。ただ、破格の報酬が用意されたわよ」

前金も随分な大金であったのをシレーナは思い出す。

（何か特別な機体なのかしらね？）

モニターを操作して依頼された機体のデータを確認する。

シレーナは対象となった機体名を呟く。

「新型のネヴァンか。機体名は――アタランテ」

機体のデータと一緒に、そこにはパイロットと思われる若い女性騎士の姿も表示されていた。

シレーナは人差し指で浮かんでいる映像を弾《はじ》く。

「私たちに狙われるなんて、随分と運のない子ね」

第一話 ▼ 小惑星ネイア

アルグランド帝国の軍事力を支える兵器工場の一つ「第七兵器工場」は、宇宙にある小惑星の集合体を本拠地としていた。

採掘が終わった小惑星を繋《つな》げた不格好な軍事工場だが、その内部は人が居住可能なスペースコロニーの役割も担っている。

第七兵器工場で生活している職員も多く、生活環境は下手なコロニーよりも整えられていた。

そんな小惑星ネイアに到着したのは、エマの配属先である軽空母メレアだ。

バンフィールド家からやって来た艦艇と一緒に、第七兵器工場の内部へと誘導されていた。

第七兵器工場の管制から陽気な声で出迎えられている。

『ようこそ、メレアのクルーさんたち。里帰りを手伝っていただき、誠にありがとうございます』

相手側はメレアの建造記録を確認したらしく、自分たちの製造した戦艦だと知ると「里帰り」と言って歓迎してくれた。

格納庫で入港の準備をしていたエマは、放送を聞きながら感心していた。

「メレアにしてみれば、確かに里帰りだね」

妙に納得した様子のエマは、専用機である試作実験機【アタランテ】のコックピットから顔を出していた。

作業着のツナギ姿だが、上半身は脱いで白いタンクトップ姿だ。

胸の形がハッキリと出ているが、軍隊生活であるため本人も周囲も気にした様子がない。

そばにいたモリーは、タブレット型の端末を操作しながらエマと会話をする。

「第七は技術自慢の兵器工場だからね。旧式艦が無事に戻ってこられたのも、自分たちの技術のおかげって思っていそうだね」

「そういえば、そんな話を聞いたことがあるね。技術は帝国一だけど――」

エマが言いかけて途中で口を閉じるが、モリーがその先を言ってしまう。

「その他がダメダメってね。本当に技術力は高いんだけど、他の兵器工場より売れていないのが欠点みたいだよ」

第七兵器工場の噂《うわさ》を聞けば、性能は優れているがその他に難あり、だ。

生産性や整備性も突き詰めた結果、人が運用することを無視した兵器も沢山ある。

そのため、帝国内での人気は下から数えた方が早い。

モリーの説明に、エマは苦笑する。

「それでも、バンフィールド家はよく利用しているけどね」

「うちも嫌いじゃないけどね。ただ、うちの推しは第三かな？　見た目も性能もいいし、コスパもいいからね」

そんな二人の会話に聞き耳を立てていたのは、アタランテの整備を行っている技術者たちだった。

軍艦の中だが、技術者たちの作業着はバンフィールド家の物ではない。

第三と書かれた紺色のツナギ姿で、エマたちが着用している物と色が違う。

そんな技術者たちの中には、タランテの開発チームの主任として派遣された【パーシー・パエ】技術少佐がいた。

赤い眼鏡をかけたインテリ風の彼女は、髪を首の後ろで結んでお下げにしている。

彼女だけはスカートのタイトスーツの上から白衣を着用していた。

周囲がツナギ姿であるのに、私服の上に白衣をまとっているのは特別な立場であることを物語っている。

背も高く胸は小さいがスタイルはいい――だが、一番特徴的なのは彼女の耳だ。

長く尖《とが》っており、彼女がエルフであると証明していた。

笑顔でエマとモリーの会話に加わってくる。

「お褒めにあずかり光栄だわ」

「っ！　パーシー少佐！」

技術少佐の登場に、エマとモリーが慌てて敬礼をする。しかし、パーシーは手をひらひらとさせて二人に敬礼を止《や》めさせた。

「堅苦しいのは苦手って言ったでしょう？　もっと楽にしていいわよ。それに、私って軍人というより開発者でね。整備や改良もやっているけど、本業は軍人じゃないの」

軍人じゃないと言い出すパーシーに、エマもモリーも困惑して微妙な顔をする。

二人からすれば、パーシーは正規の帝国軍人だ。

エマは反応に困る。

「え、でも帝国正規軍の士官ですよね？」

モリーの方は首をかしげていた。

「うちら私兵の軍隊より格上って聞いていますよ」

そんな二人の反応を見て、パーシーは額に手を当てる。

「兵器工場は半官半民の軍需産業なのよ。まぁ、私が士官学校に進んだのは、そっちの方が就職に有利だっただけ」

パーシーは科学者になるため、一度士官学校に入学して軍人になったと説明する。

モリーが意外そうな顔をする。

「それって合法なやつですか？」

「当然合法よ。その代わり、就職先は兵器工場に限られるけどね。特別優秀なら、工廠《こうしょう》にスカウトされるって話もあるみたいだけど――」

そんな話をしている間に、メレアは第七のドックに入港してアームで固定される。

無重力状態のドック内は、六角柱の形で、どの面にも船艦が固定されていた。

パーシーは話を終えて、これからのことを考えて小さくため息を吐《つ》いていた。

「――到着したみたいね。全員、アタランテに第七の技術馬鹿連中を近付けさせないように見張りなさい」

パーシーが部下たちに命令しながら、二人から離れていく。

話を終えたエマは、アタランテを見上げる。

「この子のための特別チームか」

エマ以外に操縦できなかったアタランテは、第三兵器工場が特機開発のためにネヴァンを改修したものだ。

誰にも動かせず第三兵器工場で保管されていた機体なのだが、エマという特殊なパイロットを得たことで日の目を見ることになった。

そんなアタランテのために、第三兵器工場主導でバンフィールド家と共同開発の話が持ち上がった。

第三兵器工場が望んでいるのは、アタランテ本体の完成ではない。アタランテ開発の際に得られる特機開発のデータが本命だ。

そのために派遣されたのが、開発者でもあるパーシー率いるチームだった。

メレアが固定されて数分が過ぎると、格納庫のハッチが開いた。

そこから現れるのは、第七兵器工場の関係者たちだ。

モリーは興味があるのか少し楽しそうにしている。

「早速調べに来たみたいよ」

彼らがその手に持っているのは、様々な計器類だった。

アタランテの情報を手に入れていたのか、嬉々《きき》として調べに来ていた。

代表者と思われる男性が、早速声をかけてくる。

「メレアのクルーの皆さん、こんにちは。——おや？　第三兵器工場の皆さんもご一緒でしたか」

わざとらしい挨拶に対して、パーシー率いる開発チームが触らせまいとにらみを利かせる。

「白々しい挨拶ね。これだからドワーフは嫌いよ」

やって来た第七の代表者はドワーフだった。

「高慢ちきなエルフが責任者とは、第三は何を考えているんだか」

頭《かぶり》を振るドワーフに、パーシーは怒りから僅かに顔を赤くしていた。

「それって人種差別よね？　第七の人権意識の低さは、本当に嫌になるわ」

「ドワーフを見下しているのはそっちだろう。わしを見た途端に、酷《ひど》く嫌そうな顔をしていたじゃないか」

「さぁ？　どうだったかしらね」

技術者同士が睨《にら》み合っている様子を見て、エマは深いため息を吐く。

「大丈夫なのかな？」

言い争う二人を見ていると、エマの端末にメッセージが届く。

エマが内容を確認していると、モリーが覗《のぞ》き込んできた。

「どうしたの、エマちゃん？　うちらに何か仕事でも命令されたの？」

小隊に任務でも与えられたのか？　というモリーに対して、エマは頭を振ってから内容を教える。

「あたしだけみたい。騎士は全員集合だって。ごめん、すぐに向かわないといけないから、もう行くね」

エマがアタランテから離れると、モリーが手を振る。

「エマちゃんも大変だね。何があるか知らないけど頑張ってね～」

「うん！」

◇

小惑星ネイア内には都市が存在する。

第七兵器工場らしいのは、デザインが機能性重視という点だろう。

都市計画に無駄がないのは素晴らしいが、残念な点は余裕のなさだ。

遊び心に欠けている。

そんな都市を巨大スクリーンとなった壁で見ているエマは、今回バンフィールド家から派遣された騎士たちとパーティーに参加していた。

第七兵器工場の歓迎会である。

立食パーティー形式で、周囲には同じバンフィールド家の騎士たちの姿がある。

会場は幾つも用意されており、将官や佐官に向けたパーティーも開かれていた。

「兵器工場ってお金があるんだなぁ」

ジュースの入ったグラスを両手で持ち、映像が次々に切り替わる壁を眺めていた。

周囲では同僚や知り合いと会話をしている騎士たちが多いのだが、残念なことにメレアには騎士が一人だけ。

同期たちの姿も見当たらず、エマは孤立して一人だった。

時折声をかけてくれる騎士もいるが、多くはナンパ目的だ。

「ねぇ君、この後は暇かな？」

一人の騎士がエマに声をかけてくる。

随分と整った顔立ちをした高身長の騎士である。

階級章を見れば大尉であり、ランクを確認すると――Aランクだった。

Bランクであるエマよりも一つ上であり、エースと呼んで間違いないだろう実力を持っていることを示している。

短髪の美形騎士に声をかけられエマは狼狽《うろた》えてしまう。

「し、仕事がありますから！」

「それは残念だね」

簡単に引き下がった相手を見て、彼女が本気でないと気付いた。

「もしかして、あたしのことをからかっています？」

困り顔のエマに、相手の女性騎士は肩をすくめている。

「心外だな。誘いに乗ってくれたら本気で朝まで付き合ったよ。ただ、強引なのは趣味じゃなくてね」

「……え？」

ナンパがしつこくなかったので、エマは彼女なりの軽口――挨拶なのだろう、と思っていた。だが、彼女は本気だった。

エマは冗談でも肯定しなくて良かったと思う。

一方の女性騎士だが、エマに断られても気にした様子は見せず、変わらぬ態度で世間話を振ってくる。

「君は新人かな？　その割にBランクなんて凄《すご》いじゃない」

大尉は純粋な興味として尋ねているらしい。

エマは何と答えるべきか悩むも、隠すような話ではないので経緯を話す。

「偶然ですよ。大きな任務に参加して、運良く手柄を立てたおかげです」

頼りないエマの態度に不安を感じたのか、大尉は少し困った顔をする。

「大きな任務に参加して生き残っただけでも十分に凄いよ。もっと自信を持ったらいい。

それにしても、君は面白い子だね。良かったらうちの部隊に来ない？　歓迎するよ」

「その、えっと――」

アタランテのテストパイロットを引き受けている最中では、他部隊へのスカウトは受けられない。

エマが断ろうとしていると、会場内で言い争う声が聞こえてくる。

「もう一度言ってみろ」

エマと大尉の顔が剣呑《けんのん》な雰囲気を出している集団に向かうと、そこでは十数人程度の集団が二つ。

互いに睨み合っており、それぞれが今にも武器を手に取りそうな危うい雰囲気だった。

相手側も黙っていない。

「海賊に負けた使えないお前らに、新型は相応《ふさわ》しくないって言ったんだよ。テウメッサは俺たちが受領するから、お前らはモーヘイブでも使っとけ」

何やら第七で受領される新型機の話題で揉《も》めているらしい。

その様子を見ていた大尉が、呆《あき》れた顔で腕を組んで小さくため息を吐く。

「こんな場所でも派閥争いとは嫌になる」

辟易《へきえき》とした表情の大尉は、エマよりも事情に詳しいようだ。

何が起きているのか不明なエマは、大尉に説明を求める。

「派閥争いですか？」

大尉はエマの新人らしい反応を見て、仕方ないという感じで教えてくれる。

「君は知らないみたいね。バンフィールド家の騎士団には、代表として名前が挙がる騎士が二人いるのさ」

騎士団を代表する存在ならば、エマも知っているためムッとして答える。

「それくらいならあたしでも知っています。クリスティアナ様とマリー様ですよね？」

少し前に筆頭騎士と次席騎士の座にいた二人は、リアムの怒りを買って現在はその地位を剥奪されている。

それでも、人手不足が深刻なバンフィールド家では、クリスティアナとマリーが重要な役割を担っているのは変わらなかった。

エマは二人について世間一般の評価を口にするのだが、表情は誇らしげだった。

「どちらも超一流の騎士で、領主様を支える忠臣だって評判ですから」

笑顔のエマに、大尉は何とも言えない顔をしていた。

「お二人に面会したことは？」

「式典で何度か見かけただけで、それ以外では近付く機会もなくて」

ただの一般騎士であるエマが、クリスティアナやマリーに会って話をするような機会などないに等しい。

「私も直接面会したのは数えるほどしかないけど、あの二人は犬猿の仲でね」

「仲が悪いんですか？」

騎士団内の事情を知らされ、エマは驚きを隠せなかった。

大尉が持っていたグラスの酒を少し口に含む。

「地位の剝奪は、派閥争いを領主様の目の前で行ったせい、なんて噂《うわさ》もあるくらいさ。もっとも、うちは騎士団としての歴史が浅いからね。誰がトップに立つかで争うなんて、組織ではよくある話だよ。ここで勝てば、数百年と安泰だろうからね」

騎士団の筆頭という特別な地位を狙い、バンフィールド家を代表する騎士二人が争っていた。

この話を聞いて、エマも大体の事情を把握する。

「えっと、それと喧嘩《けんか》をしそうな人たちの関係ってまさか――」

間違っていてほしいとエマは心の中で願うが、それを大尉が笑顔で肯定する。

「ご名答。あの二人の派閥の騎士たちさ。うちでは、クリスティアナ派とマリー派で結構激しく争っているよ」

「と、止めないと!」

味方同士で殺し合いを始めそうな集団が、派閥関係で対立していると知ったエマは止めようと動く。

だが、そんなエマの肩を大尉が摑《つか》んで止める。

「見ていればいいさ。それに、そろそろうちの大将がご登場だ」

「大将? もしかして、大将閣下が来ているんですか?」

大将閣下がこの場にいるのか？　そんな質問に、大尉はエマの視線を誘導するため右手で指さす。

そこでは一人の男性騎士が、睨み合う集団の前に歩み出ているところだった。

「うちのトップでね。周りからは〝雑用係〟なんて呼ばれているけど、私は尊敬しているんだ」

その人物に覚えがあったエマは、目をむいて名を呟《つぶや》く。

「クラウス――騎士長？」

今回の任務で騎士たちを率いるため、臨時の役職として騎士長などと呼ばれている中佐の姿がそこにあった。

細身で狐顔《きつねがお》の美人女性騎士を連れているのは――クラウス中佐だ。

どうやら大尉はクラウスの部下らしく、上司を誇らしげに自慢してくる。

「今は雑用係なんて呼ばれているけどね。でも、私はクラウスさんなら騎士団の幹部にだってなれる器だと思っているよ」

筆頭や次席が不在のバンフィールド家の騎士団だが、規模はとても大きい。

伯爵家の騎士団としては数が足りないが、それでも万単位の騎士が揃《そろ》っている。

その幹部ともなれば、数千、数万の騎士を率いる立場だ。

今後、ますます拡大していくバンフィールド家で幹部ともなれば、他家では筆頭騎士扱いを受けるような身分だろう。

大尉はどこか困ったような顔をしながら、クラウスの後ろに付き従う人物を見ている。

「――そんな人でもないと、あのじゃじゃ馬も従わないんだけどね。それにしても、うちの大将もよく〝鮮血鬼〟なんてそばに置けるよね」

「鮮血鬼？」

何も知らないエマに、大尉は小さくため息を吐《つ》きながら危険人物について教える。

「味方殺しさ」

バンフィールド家でも悪い意味で有名な騎士【チェンシー・セラ・トウレイ】――幾つもの騎士団に所属し、追い出されてきた問題児だった。

戦場では敵味方区別せず葬り去るため、ついた二つ名は〝鮮血鬼〟という不名誉極まりないものだった。

敵味方の新鮮な血で常に濡《ぬ》れているから、とこの二つ名が付いたそうだ。

そんな二人が喧嘩の仲裁に入る。

落ち着いた様子のクラウスだが、それでも会場内に響き渡る声で告げる。

「そこまでだ。双方、下がりなさい」

現れたクラウスに険悪な顔をしていた騎士たちが、眉尻を上げて不快感を示した。

だが、クラウスと――その後ろに控えてニヤニヤしている人物を見て、全員が忌々しそうに武器から手を離した。

「――騎士長様のご命令だ。運が良かったな、お前ら」

「どっちが」

それぞれの集団が文句を言いながら離れて行くと、あっという間に剣呑な空気が霧散して安堵《あんど》の声があちこちから聞こえてきた。

「終わったのか？」

「斬り合うんじゃないかってヒヤヒヤしたぜ」

「それにしても、今回の騎士長様は頼りになるな」

周囲の騎士たちの視線は、喧嘩の仲裁を行ったクラウスに好意的になっていた。

それを見て嬉《うれ》しそうな大尉は、エマにウインクをする。

「ね？　仲裁を任せて正解だっただろ？」

エマは頷《うなず》くことしかできなかった。

「凄いですね」

感心して見ていると、クラウスがエマたちの視線に気が付いて顔を向けてくる。

大尉は右手を上げてヒラヒラさせていた。

「お見事でした」

クラウスは少し呆れたような顔をするが、部下に対して優しい口調で返す。

「見ていたのなら手伝いなさい。それで――そちらの騎士は？」

クラウスの視線を受けて、エマは背筋を伸ばした。

「今回の任務で騎士長を任されたクラウスだ」

「エマ・ロッドマン中尉であります！」

喧嘩を治めたクラウスと話す機会を得たエマは、緊張しながらも騎士礼をした。

ただ、クラウスに対して恐怖心などは抱いていない。

(教官よりも覇気を感じないけど、本当に凄い人なのかな？)

内心で失礼な感情を抱くのは、エマの教官であったクローディアの影響が強い。

彼女はＡＡランクという雲の上の存在であったが、クラウスは自分と同じＢランク騎士だ。

それでも実力はクラウスの方が上だろう。

積んできた経験の違い――踏んできた場数の違いを感じる。

しかし、手が届かない程の実力差は感じなかった。

クラウスの方は、やや穏やかな表情でエマを見ている。

「試作実験機のテストパイロットだね」

「あたしのことをご存じだったんですか？」

「特務中の部下の情報は、上司として知らないとまずいからな」

エマの中で、クラウスは真面目に仕事をする上司という印象が植え付けられる。

クラウスの部下である大尉が、エマの横で残念そうにしていた。

「特務中だったのか。それなら引き抜きは無理ですね」

肩をすくめてみせる大尉に、クラウスはやや呆れた顔で注意する。

「ジャネット、他部隊から安易な引き抜きは止《よ》せと言ったはずだ」

女性騎士である大尉の名前は【ジャネット・ダフィ】だ。

中佐と大尉の会話とは思えないが、二人の会話で部隊内の雰囲気が悪くないのだとエマにも察することができた。

ジャネットはクラウスに軽口を叩《たた》く。

「うちの部隊を強化するためですよ。クラウス隊長殿の負担を軽くしようという、部下の涙ぐましい気持ちを察してください」

「他部隊からのクレーム処理をしている私の気持ちも察してほしいものだな」

ジャネットがナンパやスカウトをすると、その苦情はクラウスに届くようだ。

ジャネットが手を合わせるも、その顔は笑っていた。

「いつも感謝しております」

反省しない部下に対して、クラウスは説得を諦めて違う話題を振る。

「――新型の受領が控えている。教育カプセルや機種転換訓練もあるから、遊びも程々にしなさい」

ていた。

男装の麗人という印象が強いジャネットだが、クラウスに対しては女性的な魅力を見せていた。

随分と慕っているようだ。

二人の話を聞いていたエマは、クラウスが話題に出した新型の方が気になっていた。

騎士が新型と言うなら、それは機動騎士のことだろう。

「第七の新型を受領するんですか？　それってもしかしてあたしたちも!?」

エマはすぐに壁の方を向いた。

そこに表示されているのは、第七が開発した新型機【テウメッサ】だ。

スマートな機動騎士で、その頭部は狐を思わせるデザインをしている。

既にバンフィールド家の一部に配備されており、活躍しているという噂はエマの耳にも届いていた。

今回の任務では装備の更新も含まれているため、騎士たちは「もしかしたら新型を受領できるのではないか？」という期待を持っている。

瞳を輝かせているエマに、クラウスは表情を変えずに伝える。

「悪いが、第七の生産状況の兼ね合いもある。君たちの部隊に新型が配備されるかは、現時点では不明だ」

「そ、そうですか」

自分にはアタランテがあるのだが、せめて同じ小隊――ダグやラリーたちにも新型が配備されてほしかった。

それだけでも、生存率は大きく変わってくる。

（新型がもらえたら、みんなもやる気を出してくれるのかな？）

部下たちの顔を思い浮かべていると、先程まで黙っていたチェンシーがエマに近付いてくる。

無遠慮に顔を近付け、あと一センチで鼻が触れる距離となった。

黙って見つめてくるチェンシーに、エマは味方殺しの鮮血鬼という二つ名を思い出して冷や汗をかく。

「え？　あ、あの？」

黒く底の見えない濁った瞳で見つめられたエマは、怖くて動けなくなった。

（か、体が動かない!?）

いつの間にか体が震えて、冷や汗も噴き出していた。

騎士として圧倒的な実力差があるのを肌で感じ取り、体が恐怖に震えていた。

何よりも怖いのは――相手の強さが未知数という点だ。

エマでは、チェンシーの実力を推し量ることができなかった。

自分は殺されるのではないか？　そんな恐怖に鼓動が速くなってくるのを感じていると、クラウスが助けてくれる。

「チェンシー、ロッドマン中尉から離れろ」

クラウスもチェンシーの危うさを感じ取ったのだろう。

ジャネットも動くが、その表情は強《こわ》ばっていた。

「この場で暴れるなんて勘弁してほしいね」

――Aランク騎士ですらチェンシーを恐れている。

それはつまり、チェンシーが更に上の存在であることを意味していた。

エマは次の瞬間にも自分が殺されるイメージが次々に湧き起こり、ガタガタと体が震えてくる。

「あ、あ――」

最初は興味深そうにエマを見ていたチェンシーだが、怯《おび》える姿にガッカリすると距離を取った。

腰に手を当て、小さくため息を吐く姿は艶《あで》やかだった。

「勘違いだったみたいね。――あなた、つまらないわ」

チェンシーが背を向けて歩き去って行くと、エマはようやく解放された安堵から大きく呼吸をする。いつの間にか、息を止めていたようだ。

その場に座り込もうとするエマをジャネットが支えた。

「あいつに睨《にら》まれるとは、君も運がない」

「ど、どうしてあたしなんかを」

「騎士もどきの考えることなんて知らないよ」

チェンシーの考えなど知りたくもないと言いたげなジャネットだったが、エマは騎士もどきという言葉が気になった。

「騎士もどき？」

ジャネットは、去って行くチェンシーの後ろ姿を忌々しそうに睨み付ける。

「戦争が大好きで、自分が死んでも構わない頭のネジがぶっ飛んだ奴《やつ》らだ。強い奴がいたら、それだけで挑みたくなるとは聞いている」

「あたしは騎士になりましたけど、実力なんてありませんよ」

自分を卑下するエマに、クラウスは優しく語りかける。

それは部下の不始末の責任を感じていたからだろう。

「チェンシーは問題児だが、実力を見抜く目は本物だ。ロッドマン中尉に何かあると感じ取ったのかもしれないな。さて、私はチェンシーを追いかけるとするか」

彼女を放置できないと言って、クラウスは問題児のチェンシーを追いかける。

（あたしの中に才能が？――まさかね）

すぐに思い付いたのはアタランテの操縦だった。

誰も乗りこなせなかった機体を操縦できたというのは、騎士として挫折しかけていたエマにとっては自分が騎士である理由と言ってもいい。

ただ、それ以外には何も思い浮かばなかった。

チェンシーが興味を持つような才能が、自分にあるとは思えなかった。

（あたしには、アタランテの操縦以外には何もない。アタランテだって、偶然乗りこなせたのがあたしだっただけ。あたし自身には何もない）

アタランテを操縦できたのは、あくまでも偶然というのがエマの認識だった。

（だから――アタランテの開発計画だけはなんとしても成功させないと）

自分の存在意義がかかっている重要な任務なのだから。

◇

第七兵器工場のドックに、三隻の戦艦が停泊する。

持ち主は傭兵《ようへい》だ。

黒い髪に赤目という彼女は、第七の職員と話をしている。

「補給と整備をお願いしたはずよね？　直前になって嫌と言うなんて酷《ひど》い話だわ」

品のいいお嬢様風に接すると、第七の職員は困った顔で頭をかいていた。

「うちで補給や整備を受ければ、他より割増しになりますよ。傭兵団なら、他で受けた方がいいと思いますけどね」

半官半民とはいえ、帝国軍の軍事力を支えている兵器工場だ。

軍や帝国貴族以外のお客となれば、扱いが悪い。

悪いというのも、他の企業と比べてサービスが行き届いているとは言えないからだ。

割引などもできないため、職員は申し訳なさそうにしている。

親切心から他で補給や整備を受けたらいいと勧めていた。

だが、女性は退《ひ》かなかった。

「急がないと次の仕事に間に合わないの。それに、控えているのは大事な仕事だから、今回は念入りに整備しておきたいのよ。――なんなら、新型だって割増しでいいから買うわよ」

大仕事の前の準備と聞いて、第七の職員は小さくため息を吐《つ》く。

「請求額を見ても怒らないでくださいよ」

「勿論《もちろん》よ。ありがとう」

関係者は受け入れの準備を進める。

「ようこそフィート傭兵団の皆さん。我々は皆さんを歓迎しますよ。団長は確か――」

傭兵団の責任者の名前を確認する職員に、女性は笑みを浮かべて答える。

「サイレン――とでも呼んでください」

微笑《ほほえ》むサイレンは、そのまま職員に尋ねる。

「それから、新型はどこに行けば見られるかしら？――第七の新型に凄《すご》く興味があるわ」

◇

第七兵器工場にある機動騎士保管エリア。

そこに並べられていたのは、売れ残りとなった商品だった。

そのうちの一機の足下では、エマたちが機体を見上げている。

エマは素直な感想を呟《つぶや》く。

「――狸《たぬき》？」

テウメッサと違い、丸いフォルムをした重厚感のある機動騎士は【ラクーン】。

ラクーンはテウメッサよりも先に完成しながら、正式採用されずに在庫として何百機と保管されていた。

第三小隊の面々を案内してきたドワーフの班長【マグ・マ】は、深いため息と共にラクーンについて語り始める。

「こいつは〝マッド・ジーニアス〟が開発したうちの最新鋭機だ。見た目こそ可愛《かわい》いが、性能だけならテウメッサにだって負けてねーよ」

マッド・ジーニアスという二つ名に、エマは少し引いてしまう。

天才だがマッドという部分が、いかにも危険人物のような気がしてならない。

敵情視察と言って一緒についてきたパーシーなどは、二つ名を聞いて顔をしかめていた。

「流行を無視したところが、いかにも第七らしいわね。客を無視して自分たちの理想だけを押しつけるところが、いかにも第七だわ。――それにしても〝あいつ〟が関わっていたというのは本当だったのね」

どうやらパーシーは、マッド・ジーニアスなる人物を知っているらしい。

興味を持ったのかモリーが、パーシーに尋ねる。

「そんなに凄い人なんですか？」

パーシーは答える際に何とも言えない顔をしていた。

「紙一重の天才ってやつね。バンフィールド家の専属って話だけど、知らないの？」

逆に質問されたエマとモリーは、顔を見合わせてから頭《かぶり》を振る。

バンフィールド家がそのような人物を専属にしているという話は、噂《うわさ》でも聞いたことがない。

パーシーは腕を組む。

「バンフィールド家が囲い込んだって噂も当てにならないわね。そもそも気難しい奴だから、貴族様のお相手はしないと思っていたわ」

パーシーの評価を聞いて、マグは顔を背けて笑っていた。

「お嬢は、そんな風に見られていたのか？――まぁ、確かに気難しいわな」

エマはラクーンを見上げながら、一つ疑問を抱いた。

「そんな凄い人が造ったのに、採用されなかったんですか？」

マグは俯《うつむ》いて頭をかいた。

「――不運ってやつだな」

「不運？」

採用されなかった理由をマグは語り始める。

「要求スペックは全て満たしていた。だが、バンフィールド家の騎士様たちが求めたのは、一部のエースしか乗りこなせないような特機だったのさ。テウメッサは、ラクーンから汎用性を捨てた機体だ。おかげで、性能は向上したが扱いにくい機体に仕上がりやがった」

その話を聞いて、モリーは倉庫内で保管されているラクーンたちに悲しそうな顔を向けていた。

「量産機としてなら需要がありますよね？　もしかしてアシスト機能がない騎士用とか？」

一般のパイロットが操縦できない機体なのでは？　そんな不安をマグは一笑する。

「テウメッサじゃねーんだ。もちろん、アシスト機能だって搭載しているし、騎士じゃないパイロットたちだって乗れるぜ。──採用されたら、きっと活躍するんだろうけどな」

「それなのに買われないって可哀想《かわいそう》」

悲しそうにするモリーに、マグも同意していた。

ラクーンを見る瞳が優しくなっている。

「テウメッサよりは安いが、モーヘイブと比べれば高いからな。あんたらの領主様が大量に買ってくれることを祈っているぜ」

第七に派遣されたバンフィールド家の関係者たち──特に上層部の人間が、今回の装備更新について現在話し合っていた。

状況によっては、この場に並ぶラクーンをバンフィールド家が買い取ることになる。

エマはラクーンたちを見上げながら、

「うちに来てくれたら、みんな喜ぶだろうな」

ついてこなかったラリーやダグを思い浮かべるエマは、彼らが新型機を受領すればやる気を出してくれるのではないか？　そんな未来を想像する。

モリーも同じ意見だったらしい。

「いいね。そうなったら、うちが完璧に整備してあげるよ」

二人がそんな話をしていると、パーシーが面白くなさそうにしていた。

余所《よそ》の機動騎士に興味を持たれたのだから仕方がない。

「アタランテがあるのだから、ネヴァンで揃《そろ》えなさいよ。その方が見栄えもいいわよ。それに、バンフィールド家の主力量産機は第三のネヴァンですからね。そこのところを忘れては駄目だと思うの」

バンフィールド家を支える機動騎士は、第三兵器工場製のネヴァンタイプだ。

伯爵がどこよりも早く採用した次世代機ネヴァンは、バンフィールド家にとってなくてはならない存在だろう。

ただ、現場で整備をするモリーの意見は違っていた。

「確かに高性能でいい感じにまとまっているし、第三兵器工場の傑作機って呼んでも問違っていない気がしますね」

「でしょう！」

パーシーが瞳を輝かせるが、モリーの方は渋い表情をする。

「でも、そのおかげでネヴァンは人気過ぎて奪い合いですよ。うちなんかに配備されませんって。大体、第三が量産を渋っているって噂も聞こえてきますけど？」

モリーの指摘に、パーシーは自身の胸元を摑《つか》む。

「――せ、先行量産機だからよ。現状で大量に量産するよりも、データを集めるために一定数だけ量産しようって――で、でもね、そろそろマイナーチェンジ版の量産体制が整うから安心して！」

モリーは両手を腰に当てて、深いため息を吐いた。

「それでもうちに配備されるのは、当分先になりそうですけどね。それなら、ラクーンの方が可能性が高いですって」

パーシーはモリーの話に言い返せず、もう強引に話を終わらせようとする。

「うちのネヴァンはバンフィールド家のお気に入りなんだから！　少しくらい我慢してくれてもいいじゃない！　ネヴァンはそれだけの価値がある量産機なの！」

勢いに任せて押し切ろうとするパーシーに、マグが詰め寄る。

「そのバンフィールド家が、うちのお嬢に量産機の開発を依頼したんだが？　お前らのネヴァンじゃ物足りないんじゃないか？」

言われて悔しがるパーシーだが、思い当たる節があるため言い返せないらしい。

眉間に皺《しわ》を作ってマグから顔を背けた。

「――あのマッド、本当に余計なことをしてくれたわね」

騒がしくなってくると、倉庫内に他の客が現れる。

第七の職員が連れて来たのは、どうやらバンフィールド家の関係者ではないらしい。

（うちの関係者じゃないから、他のお客さんかな？　随分と綺麗《きれい》な人だなぁ）

同じ女性ながら見惚《みと》れてしまう魅力を持っていた。

エマがそちらに顔を向けると、黒髪の女性が気付いて微笑んでくる。

すぐに案内してくれる第七の関係者に顔を向けると、倉庫内に保管された特別な機体を指さす。

「あの機体はどうして金色なのかしら？」

倉庫の中には金色に塗装された趣味の悪いラクーンが用意されており、それを女性が気にかけていた。

気に入ってはいない。

むしろ、センスを疑っているようだ。

職員が困惑しながら説明する。

「あれは特機ですよ。他の同型機よりも性能は二割増しですからね。それに、使われているのはレアメタルの特殊装甲の特注品です」

特機の性能を知り、女性は僅かに興味を示していた。

それでも、外見は気に入らないらしい。

「それにしたって、金色はないでしょう。これ売れないわよね？」

話を聞いていたエマも、その意見には同意だった。

（確かに金色はないかな？　しかも特機なんて——誰が造らせたんだろう？）

職員も趣味が悪いとは思っているようだが、自分たちの機動騎士を貶《おとし》めるような発言はしたくないという様子だ。

「本当はお得意様にお届けするはずの機体でしてね。ただ、その話が流れてしまったんです。本当ならさっさと売ってしまいたいのですが、特別仕様でアシスト機能を外していますからね。オプションで追加するのも難しくなっていまして、扱いに困っています」

「——性能は確かなのよね？」

「もちろんです。とんでもないじゃじゃ馬ですけどね」

「見た目と色以外は気に入ったわ」

気に入ったと言われるも、関係者は頭を振る。

「あぁ、こいつは売れませんよ。お得意様の気が変わる可能性もある、って言って上が販売を許可してくれませんので」

職員としては売りたいが、第七の上層部の判断で売れないと言われていた。

「——それは残念ね」

残念とは言っているが、女性はあまり興味もないのかさっさとラクーンの前から離れて行った。

第三話 ▼ ジーニアス

第七兵器工場の改修用ドックでは、メレアの装甲が剥がされていた。

その様子を建物の中から眺めているエマは、無重力状態の中で宙に浮かんで膝を曲げていた。

窓ガラスに両手で触れ、メレアのむき出しになったフレームを見ている。

内部の装置は錆《さ》びて油まみれで、更には大量のゴミが出ていた。

改修の様子を見ている第七の技術者たちは、困った顔でタブレット端末を睨《にら》んで相談している。

「使えるのはフレームと装甲だけか？」

「中は総入れ替えが必要ですね」

「そうなると、バランスが難しいな。そもそもフレームの構造が今の主流と違うからな」

「内部に余裕もありますし、何とかなりますよ」

兵器工場ともなれば、宇宙戦艦を現場の判断で改修してしまえる。

エマにとっては信じられない光景だ。

（改修って、その場のノリでやるものだったかな？）

事前に準備をしているのが前提のはずだが、それを気にせず技術者たちは既存の装置をどのように組み合わせていくか話し合っていた。

少し離れた場所で聞いていたエマだが、話の内容が難しすぎて理解できないので顔をメレアの方へと向ける。

「どんな風に生まれ変わるのかな？」

自分たちの母艦がどのように変化を遂げるのか、エマにとっては少し楽しみだった。

巨大な宇宙戦艦が、ドック内では玩具《おもちゃ》に見える。

パーツを組み合わせていく様子は、まるでプラモデルを組み立てているようだ。

（あ～、こういうのずっと見てられるなぁ～）

幸せそうな顔で眺めているエマに、パーシーが近付いてくる。

「ロッドマン中尉、待たせて悪かったわね」

やって来たパーシーに向かって、エマは足を床に着けて敬礼をする。

「問題ありません」

「それは良かった。なら、すぐに移動するわよ。アタランテの準備ができたから、調整を終わらせたいわ」

「はっ！」

パーシーに連れられて、エマがこの場を離れる。

◇

第七兵器工場の格納庫の一つ。

第三の開発チームスタッフたちは、各部にケーブルが繋《つな》がれたアタランテの周りで忙しそうに動いていた。

パイロットスーツに着替えたエマが、コックピットに入る。

ハッチを開いたままシートに座り、横にはパーシーが立っている。

「ロッドマン中尉、新しいアタランテはどう？」

「えっと──なんか外見が強そうです」

アタランテの見た目だが、関節周りを中心に手が加えられていた。

それを強そうと率直な感想を述べるエマに、パーシーは物足りない顔をしている。

「以前のアタランテは、そのジェネレーターの出力に耐えきれなかったわ」

「そ、そうですね」

「ジェネレーターが生み出す膨大なエネルギーが、機体の中で行き場を失っていたからよ。アタランテ自体はネヴァンよりも消費エネルギーが多いのにね」

これまでのアタランテの問題を解説するパーシーに、エマはしどろもどろだ。

パーシーは両手を広げる。

「でも、それも今までの話よ。アタランテの各部に余剰エネルギーを排出する機構を取り入れたの。無駄なエネルギーを逃がしつつ、アタランテの動きを補助してくれるように設計していると思っておくわ」

「す、凄《すご》いです！」

「――理解してくれていると思っておくわ」

どうやら、エマへの説明を諦めてしまったらしい。

「とにかく、関節周りは強化して余剰エネルギーを放出してくれるわ。過負荷状態に移行したら機体が壊れるなんて欠陥は解消されたはずよ」

積み込んだエンジンをフルパワーで使用する過負荷により、アタランテは戦闘中に自壊するという欠陥を持っていた。

これを解決しない限り、アタランテは失敗作のままだ。

オーバーロード状態を封印すれば問題は解決するが、そうなったらアタランテの優位性は消えてしまう。

金額と性能が釣り合わず、ただ高額なだけのエース専用機の出来上がりだ。

これでは問題解決にならない。

ケーブル類が全てパージされると、格納庫内でアタランテが歩き始めた。

パーシーたち開発チームは、その動きを真剣に見つめている。

「動かした感触はどうかしら？」

「以前よりも動かしやすいです」

操縦したエマは、最初に搭乗した時よりも操作性が向上していると気付いた。

エマの感想にパーシーが胸を張る。

「当然よ。中尉のデータを解析して、最適に仕上げたのよ。操作性が向上しているなんて、褒め言葉にならないわ」

当然だと言いながらも、確かな手応えを感じているのかパーシーは嬉《うれ》しそうだ。

ただ——。

（あれ？）

——本当に一瞬だけ、エマは違和感があった。

アタランテから力が抜けるような、そんな反応を一瞬だけ感じ取っていた。

ただ、それは本当に僅かな反応で、勘違いという可能性もあった。

他のパイロットならば、気にも留めなかっただろう。

（勘違いかな？）

そのままテストは続けられ、格納庫内で行える物は全てクリアする。

アタランテの仕上がりに満足したパーシーは、すぐに次の段階へ移行することを決めた。

「うん、いいわね。このまま、数日後には宇宙空間でテストをするわよ」

「あ、はい」

違和感が気になるエマは、咄嗟《とっさ》に気の抜けた返事をしてしまった。

それをパーシーに責められる。

「もう疲れたの？　しっかりしなさい。実験機のテストは命がけよ。一瞬の油断が命取りに繋がるわ」

「き、気を付けます」

　気を引き締めるエマは、明日のテストに集中する。

（大丈夫。何も問題なかった。データ上も問題ないと示しているから――きっと大丈夫）

　自分に言い聞かせるが、それでも気になってくる。

　エマはコックピットから出ようとするパーシーに声をかけた。

「あ、あの！　動かした時に一回だけ、最初の方でちょっとだけ違和感があったんですけど、何か問題はないでしょうか？」

　振り向いたパーシーは、小さくため息を吐《つ》きながらデータを確認する。

「そういうのは、その時に言ってほしいわね」

「すみません」

　エマはもっと早くに言うべきだった、と落ち込んでしまう。

　そのままパーシーや他のスタッフが確認するのだが。

「――数値上では何の問題も見つからないわね」

　問題が見つからないと聞いて、エマは安堵《あんど》からため息を吐く。

「そうですか。それなら――あたしの勘違いでしたね」

　これで安心して次の実験に挑める――エマはそう自分に言い聞かせていた。

◇

エマがコックピットから降りると、白衣を着た一人の女性がアタランテを足下から見上げていた。

開発チームのスタッフにはいなかった人物で、エマは気になり声をかける。

念のために、武器をいつでも抜けるようにしながら。

「どちら様ですか？」

エマが声をかけると、ストレートの黒髪を肩で切り揃《そろ》えた女性が顔を向けてくる。

眼鏡をかけた知的な女性に見えるが、醸し出している雰囲気が他とは違った。

その女性の目は、エマを見ているようで見ていなかった。

にこりと微笑《ほほえ》みを向けてくるが、明らかに作られたものだ。

見た限りでは、相手は戦闘に関しては下手な軍人並み。騎士である自分には勝てるはずがないと感じながらも、肉体的な強さとは違う何かがエマを怯《おび》えさせる。

（この人も怖いな。最近、怖い人ばかりだ）

緊張して強張《こわば》っているエマを見て、女性は白衣のネームプレートを自分の指で何度か軽く叩《たた》く。

そこには技術少佐という階級や、第七兵器工場での立場が書かれている。

「第七兵器工場の方でしたか」

慌てて警戒を解くと、相手は微笑みながら話しかけてくる。

「お邪魔だったみたいね。私はニアス。――【ニアス・カーリン】技術少佐です」

おざなりの敬礼をするニアスに、エマは慌てて背筋を伸ばして敬礼をする。

「エマ・ロッドマン中尉です」

「――へぇ、あなたが噂《うわさ》のパイロットさん？」

「え？　噂？」

自分の噂が広がっているなど、エマは知らなかった。

困惑しているエマに、ニアスと名乗った女性は白衣のポケットから棒のついた飴玉《あめだま》を取り出して包み紙を取ると口に入れた。

棒の部分が口から出た状態は、まるで喫煙をしているようにも見える。

飴を舐《な》めながら、ニアスはエマと話をする。

「天才パイロットと聞いているわ」

「いいえ、そんなことはありませんよ」

照れて頭をかくエマに、微笑んでいるニアスも――同意する。

「そうね。見たところ、失敗作に相応《ふさわ》しいパイロットだわ」

「えぇ、そうです。あたしは失敗作に相応しい――え？」

一瞬、自分が何を言われたのか理解ができなかった。

硬直するエマを無視して、ニアスは無表情――興味を失った顔でアタランテを見上げた。

「この機体は駄目ね。欠陥機だから、降りた方がいいわよ」

アタランテから降りろ――それは、エマにとってはようやく摑《つか》みかけた自信を手放すことに等しかった。

手を握りしめ、俯《うつむ》きながら声を出すと――気持ちがこもって格納庫内に響く。

「嫌です！　あたしは、アタランテに乗ります！」

ニアスが僅かに驚くと、不思議そうに首をかしげていた。

まるで珍獣でも見るような目で、エマのことを観察している。

「あなたは死にたいの？」

頭を振ると、エマの髪が揺れる。

「死にません。それに、アタランテも壊しません。必ず完成させてみせます」

顔を上げ、決意した瞳でニアスを見るが――相手はあざ笑っていた。

エマの決意など無価値という顔をしている。

「欠陥機に固執するのが愚かしいと言っているのよ。あなたやこの開発チームもこの機体に相応しい失敗作ね」

「それってどういう意味ですか？」

「意味も何もそのままよ」

アタランテの抱えている問題に気付いていない、というニアスの言葉がエマの心をかき乱す。自身も薄々感じていた違和感を刺激されたからだ。

ただ、ニアスは答えるつもりがないらしい。

アタランテやエマよりも、口に含んだ飴玉の味の方が気になっているらしい。

「口に含んだ時には苦手な味がしたけど、舐めているとこれはこれで――うん、悪くないわね」

「答えてください！」

エマたちが騒いでいると、開発スタッフたちが集まってきた。

パーシーが大股で近付いてくると、ニアスの胸元を人差し指で突《つつ》く。

「関係者以外立ち入り禁止よ。どうやって入ってきたのかしらね？」

ニアスの方は、少しも動じた様子がない。

「セキュリティーはもっと強固にするべきだったわね。もっとも、この機体には見るべき所なんて一つもなかったけど」

微笑みながらそう言うと、ニアスは背中を向けて去って行く。

アタランテを馬鹿にされた開発スタッフ――そしてエマは、そんな背中を苦々しい顔で睨《にら》んでいた。

(何なのあの人は？――アタランテが凄い子だって、あたしが証明してやる)

エマは悔しさから、テストを成功させると決意した。

◇

第七兵器工場の索敵範囲の僅かに外。

そこには、不審な宇宙戦艦が艦列を維持していた。

これから作戦が始まるとあって、艦内は緊張感が漂っている。

艦隊を率いる司令官は、ブリッジから部下たちに指示を出す。

「団長から詳細が届いた。目標は三日後に宇宙空間でテストを行う」

副官らしき人物が口笛を吹く。

「あの人は本当に頼りになりますね。目標の実験予定なんて情報をどこで手に入れたのやら」

情報をもたらした自分たちの団長に感心している副官に、司令官も自慢気だった。

団長を誇らしく思っているのだろう。

「あの人にかかれば、この程度は造作もない。それよりも、団長が危険を冒して手に入れてくれた情報だ。俺たちがヘマをするわけにはいかないぜ」

副官は気を引き締める。

「任せてください。ついでに、うちも新型機の実戦テストをしますか？」

司令官が腕を組む。

「あの新型か？　本当に使えるのか？」

「機動騎士乗りたちには好評でしたよ。小さくて頼りなく見えますが、それでも新型ですからね。下手な中型より頼りになります」

「――それなら任せる。目標を必ず撃破しろ」

「はっ！」

◇

三日後。

チェックを終えたアタランテが、小惑星ネイアから少し離れた宙域でテストを行っていた。

輸送艦に乗り込んだモリーやラリー、そしてダグがテストの様子を見守っている。

場所は休憩所だ。

巨大なモニターの前に集まり眺めているのは、三人が所属する第三小隊も開発チームに組み込まれているためだ。

テストに飽きたのか、ラリーは携帯ゲームをプレイしながら愚痴る。

「何のために僕たちまで連れて来たんだか。乗る機体もないのに、どうしろっていうんでしょうね？」

ダグはテストの様子を眺めながら雑談に参加する。

「上の連中は下々の不満に目が届かないからな。無駄だと思っていても、小隊単位で命令を出す方が楽なのさ」

　ジュースを飲んでいたモリーは、ダグの話に納得する。

「あ～、ありそう」

　三人が上層部への不満で盛り上がっていると、艦内に警報が鳴り響く。

　即座にダグが席を立って駆け出そうとするのは、これまで受けてきた訓練と実戦経験の豊富さから来る行動だった。

　しかし、すぐに気付く。

「ちっ！　俺たちが乗れる機体はないか」

　ラリーの方はゲーム機をテーブルに置いて、すぐに確認を取るため端末を操作する。

「駄目だ。この船の連中も混乱している。すぐに第七の防衛部隊が来ると思うから、大丈夫だとは思うけどさ」

　しかし、モリーはモニター画面を見ながら両手で口を覆った。

「エマちゃんが！」

　モニターに映し出されるアタランテの周りには、小型に分類される十四メートルに満たない機動騎士たちが群がっていた。

　紺色の機体は、所属を示す物が何もない。

　どこで製造されたかも不明なアンノーン集団だった。

第四話 ▼ 自壊

アラートが鳴り止《や》まないアタランテのコックピットで、エマは焦りから声が大きくなっていた。

「こっちはテスト用のライフルしか持っていないのに！」

未確認の機動騎士が六機出現し、対応を迫られている。

どこから現れたかも不明で、母艦らしき存在の反応はない。

開発チームの乗る輸送艦と通信が繋《つな》がっており、パーシーの混乱する声が聞こえていた。

『どこの所属なの！』

『不明です。類似する機体はありますが、特定までは無理です』

『目的は？　何か要求はないの!?』

『ありません』

アタランテを操縦するエマは、迫り来る敵機と戦う準備に入る。

（銃は駄目でもブレードなら！）

テスト用のライフルを放り投げたアタランテは、サイドスカートからレーザーブレードの柄《つか》を取り出すと右手に握った。

青白い光の刃が出現すると、左腕に取り付けられたシールドを構える。

「くっ⁉」

直後に襲いかかってくるのは、敵機が持っていたライフルの弾丸だ。

実弾兵器を持つ敵機もいれば、光学兵器を持つ敵機もいる。

十四メートル級である小型の機動騎士らしく、小回りが利いてすばしっこい。

そんな敵機に囲まれながらも、アタランテはシールドを構えつつ逃げ回っていた。

過負荷状態にならずとも、スピード勝負ならば負けない自信があった。

いくら小回りが利く機体であろうとも、アタランテならば逃げ切れる——はずだったのに。

「全然パワーが出ない⁉」

——改修を受ける前に感じたアタランテの驚異的な加速力が、今は感じられなかった。

アタランテを見れば、以前よりも膨らんだ関節部分から青白い電気が放電している。

無駄と判断されたエネルギーを放出していた。

「こんな状態じゃ逃げ切れないよ！」

急いで真下に降下すると、先程までアタランテがいた場所にスピア——槍《やり》を持った敵機が三機襲いかかって来た。

何とか避けることはできたが、エマはアタランテのパワー不足に不安を感じていた。

(いくら出力を上げても、関節のパーツから抜けていったら意味がないよ。こんなの、アタランテじゃない)

改修前の性能すら引き出せない。

今のアタランテは、必要なエネルギーまで関節から逃がしていた。

この瞬間、エマは違和感の正体に気が付く。

（あたしがもっと強く主張してさえいれば、こんなことにならなかったのに）

あの時にこうしていれば、とどうしても考えてしまう。

パーシーが状況を伝えてくる。

『ロッドマン中尉！　第七の防衛部隊が出撃したわ。残り三分、全力で逃げ切って！』

味方が来るまでの時間を耐えればいい。

それだけなのだが、敵は戦い慣れた雰囲気を持っていた。

エマから見ても敵機の動きには余裕がある。

小回りを活《い》かしてアタランテを追い詰めてくる。

エマの呼吸が荒くなる。

（スピードは負けていないけど、振り切れるほどじゃない。このままだと、三分間も逃げ切れない。――だったら！）

今のままではまずいと判断したエマの手が、コックピットに急造で取り付けられたスイッチの付いた箱に伸びた。

カバー付きのボタンが三つついた物だ。

人差し指で三つのカバーを上げていく。

異変に気付いたパーシーが、必死になってエマを説得する。

『リミッターを外しては駄目よ！』

それでも、エマはボタンをリミッター解除の順番で押す。

「短時間だけなら今のアタランテにだってやれます！」

(前もこれくらいなら何とかなった。だったら、今だって！)

以前に宇宙海賊を相手にした際は、アタランテは驚異的な活躍をしてみせた。

短時間でもあの時のような活躍ができるのなら、周囲にいる敵機から逃げることも、そして倒すことも可能だ、と。

「行くよ、アタランテ！」

『止めて！　今の状態ではどうなるか予想がつかないわ！』

パーシーの悲鳴が聞こえてきたが、エマは迷わず実行してしまった。

リミッターが解除された瞬間に、アタランテは黄色く輝きはじめた。

各種データが出力の上昇を告げて、更に追加でアラートを鳴らし始めていく。

オーバーロード——過負荷状態への移行は、機体にもかなりの負担を強いる。

特機として生み出されたアタランテの切り札でもあった。

関節からの放電も、青から黄色へと変色する。

放電量も増え、明らかにこれまでと違った雰囲気を出していた。

「これなら逃げ切れる！——え？」

フットペダルを踏み込み、操縦桿《かん》を動かすも――これまで感じていた抵抗がなかった。

操縦桿もフットペダルも軽すぎる。

スカッという擬音でも聞こえてきそうな軽さで、アタランテにも反応がない。

自分とアタランテを繋いでいた糸が、プッツリと切れたような感触だった。

コックピット内で重力を感じるだろうと思っていたが、先に感じたのは爆発による揺れだった。

「――嘘《うそ》」

目をむいたエマの口から漏れるのは、信じられないという声だ。

アタランテの関節から火が噴くと、両手両脚が肘や膝から吹き飛ぶ。

攻撃を受けたのではなく――アタランテは内部から破壊されていく。

それは敵から見れば、自爆したように見えただろう。

丸腰になったアタランテがその場に漂うと、敵機の方が困惑していたほどだ。

だが、相手――敵機の銃口がアタランテに向けられる。

(殺される!?)

自分が死ぬのを嫌でも自覚した瞬間だった。

輸送艦から出撃してきたモーヘイブが、その手に持った作業用の機材で攻撃を仕掛ける。

釘《くぎ》打ち機で放たれた杭《くい》が、敵機のライフルを弾《はじ》いた。

『無事か、お嬢ちゃん!』

助けに来たのはダグだった。

「ダグさん！」

その後ろにはラリーが乗るモーヘイブの姿もある。

両機共に作業用とわかる黄色のカラーリングで、戦闘向きの装備を持っていなかった。

ラリーは出撃したことを後悔しているらしい。

『ろくな武器もない機体で出撃とか、絶対に終わった。僕の人生はここで終わりだよ！　ダグさんが無茶をするせいだ！』

『そう言いながら、ついてきたのはお前だろラリー？　お前は本当に良い奴《やつ》だよ』

モーヘイブの到着に、敵機がアタランテから距離を取る。

ラリーも釘打ち機で敵機を攻撃するが、元々武器ではない道具だ。

狙いも定まらず、敵機には簡単に避けられてしまう。

そして、二人のモーヘイブが作業用だと敵も理解したのだろう。

すぐに距離を詰めてきて、エマたちに襲いかかってくる。

ダグは敵の察しの良さに舌打ちをしていた。

『もう少しだけ時間を稼ぎたかったんだがな。ははっ――慣れないことはするもんじゃないな。あいつらに笑われちまう』

現状に諦めてしまったダグは、誰かを思い出しているようだった。

ラリーの方は泣きそうな声になっていた。

『ちくしょう！　だから僕は嫌だって言ったんだ！』

このままなら三機とも破壊されるところだったが、予想よりも早く第七兵器工場の防衛部隊が駆けつけてくれた。

その数は十二機。

第七兵器工場製の機動騎士たちだ。

『無事か！　後は我々が引き受ける』

防衛部隊が現れたため、敵機は即座に撤退していく。

母艦もないのにどこに向かうのか？

第七兵器工場の防衛部隊が追撃に向かう中、ダグの乗るモーヘイブがアタランテに近付いてきて掴《つか》んできた。

『無事だな？　あの状況でよく生き残ったな、お嬢ちゃん』

普段よりも幾分か声色が優しかった。

エマは何より、ダグたちが助けに来たことが嬉《うれ》しくて涙ぐむと――我慢できなくなった。

「――ダグさん、あたし」

涙を流すエマに、ダグは深いため息を吐《つ》いてから教えてやる。

『戦場にいるなら殺されもする。覚悟がないなら、今の内に軍を辞めろ』

エマが死に怯《おび》えていると思ったのだろうが、それは違った。

「違います！　あたし――アタランテを壊しちゃいました」

助けられたことにも感謝はあるが、同時に自身の不甲斐《ふがい》なさを痛感していた。

ダグはエマの反応に面食らっている。

『は？　そんなの今はどうでもいいだろうが』

「どうでも良くないです！」

ダグに強く言い返したエマは、コックピット内で嗚咽《おえつ》をもらす。

「あたしにとって、アタランテは騎士でいられる証明だったのに。ようやく、あの人に近付けるって思ったのに」

悔しくて涙が止まらなかった。

ようやく騎士として一歩を踏み出せたと思っていただけに、悔しさや悲しさは大きい。

――アタランテがあれば、自分もあの方に近付けると思っていたのに。

正義の騎士になれると期待していたのに。

どんなに遠い理想だろうと、僅かばかりでも距離を縮めてくれる大事な機動騎士。

それを自分の過ちで破壊したのが、エマは悔しくて自分が許せなかった。

「ごめん。ごめんね、アタランテ」

◇

アタランテが無残な姿で、格納庫に戻ってきた。

幾つものワイヤーで固定された姿は、手足をもがれて縛られているように見える。

その様子を眺めているエマは、無重力状態で膝を抱えて浮かんでいる。

(あたしがリミッターを解除したせいだ。あれさえなければ、こんなことにならなかったはずなのに)

あの時をやり直せたら、と何度も考えてしまう。

顔を上げてアタランテを見上げる。

「ごめんね、アタランテ。もしかしたら――完成させてあげられないかも」

改修後のオーバーロード時に自壊した。

これは、アタランテの開発チームにとって大きな失敗である。

既に第三兵器工場の上層部では、開発の中止が検討されているそうだ。

特機開発を継続したい上層部の人間も多いが、反対派も多いのだろう。

戻ってきたパーシーの難しい表情から見ても、開発の中止が濃厚だった。

多額の予算をかけて改修したにもかかわらず、成果が出なければ仕方がない。

エマは涙を流す。

「やっぱりあたしは、駄目な騎士だったよ」

ようやく活躍できる機会が得られたのに、それを自分の手でふいにしたのが情けなかった。

◇

第七兵器工場のドックでは、フィート傭兵《ようへい》団の宇宙戦艦が補給と整備を受けていた。

壁から伸びたアームに固定され、装甲の一部が剥がされている。

第七兵器工場のスタッフたちが忙しそうに動いている。

その様子を一人でブリッジから眺めているのはサイレンだった。

無表情で胸の下で腕を組み、誰かがいるかのように会話をしていた。

「――これでは成功とは言えないわね」

サイレンが呟《つぶや》くと、その影が揺らめいて返事をしてくる。

そこにはサイレンの部下が潜んでいた。

「失敗ですか？」

「破壊と言うよりも自壊だわ。これでは、クライアントが納得しないわね」

依頼主が文句を言ってくる姿が容易に想像できてしまう。

部下の方も食い下がることはせず、納得しているようだ。

「それでは作戦は継続ですね」

「えぇ、全員に依頼は終わっていないと伝えなさい。それはそうと、新型機の調子はどうだったの？」

サイレンが他の話題を振ると、部下は先程よりも幾分か気分の良い口調になった。

「パイロットや整備士たちにも好評ですよ。取り回しがしやすく、安価で整備性もいいですからね。経理の連中も財布に優しいと高評価でした」

「それは珍しいわね」

パイロットや整備士だけでなく、経理を担当する部下たちまでもが高評価だと聞いてサイレンは少し意外だった。

「テストが終わったら正式に採用しましょうか」

採用を考えるサイレンに、部下が提案する。

「団長の機動騎士も【バックラー】に乗り換えたらどうです？　そろそろ限界でしたよね？」

部下の提案を聞いて、サイレンの表情は微妙になった。

「好みじゃないわ。いっそここで手に入れようかしら？――気になっている機動騎士があるのよ」

思い浮かべたのは狐顔《きつねがお》のテウメッサであった。

部下は自分の提案が却下されたが、気にせずサイレンに問う。

「購入するんですか？　あの手の機動騎士は高いですよ」

「まさか――拝借するのよ」

第五話 ▼ 開発中止？

バンフィールド家の艦隊旗艦の会議室。

そこに集まったのは、バンフィールド家の関係者と第三兵器工場から派遣されたアタランテ開発チームの責任者であるパーシーだ。

長いテーブルを挟んで向かい合う双方は、今後の特機開発計画について話し合っていた。

責任者として参加しているクラウスが、資料を見ながら僅かに目を細めて険しい表情をしていた。

普段から表情に乏しいクラウスだが、今回は不快感が表に出ている。

「試作実験機については、第三兵器工場が責任を持つという話でした。今更、共同開発――いえ、この場合は出資ですね。それを当家に求めてくるのは契約違反ですよ」

騎士であるクラウスに加え、参加した軍人や官僚も表情は険しい。

第三兵器工場の提案に対して、腹を立てていた。

パーシーの方は複雑な表情をしていた。

その理由だが、今更契約を無視して予算を用意してほしい、と図々《ずうずう》しくバンフィールド家に頼んでいるのが一点。

次に、アタランテにつぎ込んだ多額の改修費を無駄にしたとして、第三兵器工場の幹部に責められたのが一点。

　加えて、第三兵器工場内の派閥争いに巻き込まれたため、パーシーの表情は優れない。

　それでも、上層部の意向をバンフィールド家に伝えるしかない。

　嫌な役割を押しつけられていた。

「上層部の間で、特機開発を巡って意見が対立しています。計画自体は継続しますが、予算を大幅に削られてしまいました。このままでは、事実上の計画中止になってしまいます。継続をしたいのならば――」

　パーシーが言い切る前に、クラウスが先を口にする。

「我々に足りない資金を用意しろ、と」

「――はい」

　アタランテの開発に関わったパーシーからしても、この状況は不本意のようだ。

　この状況で出資しろと言うのも、パーシー自身は恥じているらしい。

　だからと言って、開発費を寄越《よこ》せと言われたバンフィールド家の者たちは納得できない。

　将官の階級章を持つ軍人は、パーシーを睨《にら》んでいる。

　その視線は、会議に参加させられたエマにも一度だけ向けられた。

　エマは、会議室の隅に用意された椅子に緊張しながら座っている。

　周囲からは、厄介事を持ち込んだ駄目騎士、と言いたげな視線を向けられていた。

「特機の重要性は我々も認識はしています。実際に何度も戦場で特機の活躍を見てきましたからね。ただ、それはあなた方の商品でなくとも問題ないと思いませんか？」

他の将官も黙っていられずに会話に加わってくる。

「バンフィールド家は、特機に関しては第七兵器工場との付き合いが長いですからね。領主様も愛機を何度も預けられている」

第七兵器工場と、バンフィールド家が懇意にしているのは帝国では有名な話だ。

パーシーも知ってはいるのだろうが、引き下がるつもりはないらしい。

それだけ、アタランテの開発を継続したいのだろう。

「存じております。ですが、第三兵器工場もバンフィールド家の軍部を支えている重要な取引相手だと自負しております」

特機開発に優れるのが第七兵器工場ならば、バンフィールド家の量産機――その他大勢を支えているのは第三兵器工場の兵器だ。

その代表が、機動騎士ネヴァンである。

軍人たちもその辺りの事情を理解しているため、苦々しい顔をしている。

そんな中で、周囲よりも落ち着いた様子のクラウスが口を開く。

「今回のお話ですが、我々では判断できない案件です。そもそも、アタランテの開発計画自体、あの方が関わっていますからね」

あの方。

クラウスの発言を聞いて、軍人たちが一瞬だけそれぞれの反応を示す。

驚く者、苦々しい顔をする者、困ったような顔をする者。

クラウスは手を組むと、パーシーに返答の保留を告げる。

「すぐに確認を取りましょう。ですが、あの方もお忙しい。返答はしばらく待っていただくことになりますが、それでもよろしいかな？」

パーシーもこれ以上の説得は無意味と判断したのか、大人しく引き下がる。

「わかりました。本部には私の方から説明しておきます」

◇

会議が終わると、パーシーや軍人たちが部屋を出て行く。

残ったのはクラウスと――そんなクラウスに呼び止められたエマの二人だった。

「ロッドマン中尉、君の素直な感想を聞きたい」

「は、はい！」

体を強張《こわば》らせるエマに、クラウスは困ったように微笑《ほほえ》む。

「緊張する必要はない。個人的な感想を聞きたいだけだ。君は――アタランテという機体が、本当に完成すると考えているのかな？」

「え、えっと――」

技術的な質問をされたと思ったエマが、どう答えるべきか考えている間に、クラウスは端末を操作して自分の周囲にスクリーンを何枚も投影する。

そこに映し出されたのは、アタランテのデータだった。

「第三兵器工場が開発したアタランテは、確かに高性能な機体だ。だが、現時点で扱えるパイロットは、おそらくは君を含めてもバンフィールド家には数名しかいない。そんな機動騎士が、本当の意味で完成するだろうか？　君の意見を聞かせてほしい」

本当の意味での完成とは、兵器としての完成を意味している。

アタランテは、兵器として見れば大きな問題を抱えている。

パイロットが限定されているのも問題だが、機体の安全性も重要だ。

戦場で不安定な兵器に乗って戦うなど、現場の騎士や軍人たちからすれば勘弁してほしい。

多くの問題を抱えているアタランテが、本当に兵器として完成するのか？

それをクラウスはエマに問い掛けている。

エマは俯《うつむ》きながら尋ねる。

「――今のアタランテが兵器として不完全だから、開発を中止しろと言われるんですか？」

自分にとって存在の証明であるアタランテではあるが、軍からすれば開発の中止は当然の判断でもある。

だが、エマは個人的に納得できない。

複雑な心境のエマに対して、クラウスはアタランテ計画の意義について話をする。

「バンフィールド家の主力機動騎士はネヴァンだ。そのネヴァンの更なる発展は、当家の利益になると判断して領主様も開発計画を認められた。この計画は、ただ一機の特機開発という小規模の話でないと理解しているのか？」

「そ、それは」

エマは視線をさまよわせた。

アタランテの完成ばかりに目が行き、この計画の本当の意味を自分が見失っていたことに気付いてしまったからだ。

たった一機の特機開発のために、軍は莫大《ばくだい》な予算を割かない。

アタランテの完成が、軍に――そして第三兵器工場に利益をもたらすと考えたから、人も予算も用意された。

クラウスに厳しい現実を突きつけられ、エマは俯いてしまった。

悔しくて手を握りしめる。

（あたしはずっと、目の前のことばかり見てきた。だから、この計画にどんな意味があるかなんて真剣に考えていなかったんだ）

開発計画の内容は聞いていたし、ネヴァンタイプの更なる発展という名目もエマは知っていた。

それでも、自分が実感していなかったと気付かされた。

（本当はもっと大きな意味があったのに、あたしは騎士として認められたいって自分のこ

とばかり）

後悔するエマを見たクラウスが、口調を和らげる。

「君がアタランテという特機に思い入れがあるのは知っている。だが、必要性を考えるのは我々ではない。私たちは、自分に与えられた任務をこなすことを考えたらいい。その上で、もう一度聞こう。――アタランテは完成するのかな？」

欠陥機であるアタランテが、本当に完成するのか？

エマは下唇を噛《か》みしめる。

（あたしに与えられた任務は――アタランテを完成させること！）

エマは顔を上げると、クラウスの顔を見据えて答える。

「――絶対に完成させます」

エマの内心を察したのか、クラウスは周囲の映像を全て消した。

「そうか」

◇

エマを退室させたクラウスは、今回の件の報告書をまとめていた。

空中に投影された映像を見ながら、報告書を作成していく。

その中の資料には、テストパイロットであるエマのデータもあった。

クラウスはエマのデータを見ながら、不自然な箇所を発見する。

「おかしいとは思っていたが、騎士学校での成績は酷《ひど》いものだな」

新米騎士がすぐにBランクに昇格し、オマケに中尉だ。

エリートコースを歩んでいる騎士たちよりも出世が早いのに、配属先が辺境治安維持部隊というのも気になっていた。

「彼女があの試作実験機に思い入れを持つわけだ」

アタランテを得るまで、活躍らしい活躍をしていない。

それればかりか、騎士としては落第である。

そんなエマがようやく手に入れた活躍できる機会――アタランテという機動騎士にこだわる理由が、クラウスには理解できた。

「誰も乗れない欠陥機に乗れる時点で、非凡であると自覚してほしいものだな」

同時に、エマはもっと自分の能力を高く評価するべきだとも。

クラウスはエマを思い浮かべる。

足りない部分も多い印象を受けたが、クラウスは評価していた。

「――目先のことしか見えていない若者の典型だったが、熱意は本物か」

エマもパーシーも、アタランテ計画に対して熱意を持っているのは間違いない。

その熱意に僅かばかりでも協力したいという気持ちにさせられる。

周囲にアタランテのデータを表示させ、それらを見ながら腕を組む。

「完成すれば、間違いなくネヴァンタイプは更なる発展を遂げるだろうな。そうなれば、ネヴァンタイプを運用してきた当家の利益になる、か」

そう呟《つぶや》きながら、報告書とは別の書類を用意した。

そこにクラウスの名前でアタランテの開発計画継続を希望する、と一筆書いた。

電子書類にサインを済ませたクラウスは、小さなため息を吐《つ》く。

「私にできるのはここまでだ。後はどうなるか運任せだな」

◇

格納庫。

縛られたアタランテの前で、エマが膝を抱えて顔を隠しながら浮かんでいた。

その横にいるのは、戸惑っているモリーだ。

今は必死にエマを慰めている。

「あんなの仕方ないって。パーシーさんも言っていたけど、本来なら爆発するのが駄目だからさ。エマちゃんが気にする必要ないよ」

そもそも、今回の件はエマだけの責任ではない。

当然ながら、開発チームの責任も大きい。

ただ、パーシーは戦闘中のデータから、オーバーロード状態は危険だと判断してエマを止めようとしていた。

それを聞き入れなかったのは、エマである。

「違うよ。あの時、あたしが判断を間違えたからだよ。リミッターを解除しなければ、こんなことにならなかったのに」

壊れて手脚を失ったアタランテを見て、エマは涙ぐむ。

そんなエマに、モリーは必死に説得を繰り返していた。

「あ～、もう暗い！　暗すぎ！　エマちゃんが悩んだって解決しないよ。それに、せっかく命が助かったのに、ウジウジしていたら助けてくれたダグさんとラリーも気分が良くないと思うけど？」

危険な状況の中、ダグとラリーはエマを助けるために作業用のモーヘイブで駆けつけてくれた。

エマは俯いたまま、二人の顔を思い浮かべた。

(そういえば、まだちゃんとお礼を言っていなかった。――二人にちゃんと感謝を伝えないと)

エマは涙を拭うと、二人に会いに行くことを決める。

「――とりあえず、二人に会ってお礼を言うよ」

ようやく動き出してくれたエマに、モリーは深いため息を吐いた。

「そうした方がいいね。何も言わないままだと、感じ悪いからさ」

ただ、エマにはこういう場合、どのように礼をすればいいのかわからなかった。

エマにとって二人は命の恩人であるわけで、手ぶらで感謝の気持ちを伝えるだけでいいのか？　という思いがある。

「それはそうと、二人に何か贈りたいんだけど、何か良《い》い物はあるかな？」

モリーは少し上を見上げて考えながら答える。

「ダグさんはお酒一択だけど、ラリーはどうかな？　ゲームの課金用に、お金でも渡した方が喜ぶかも」

「お、お金でいいのかな？」

それはちょっと、と思うエマだったが、ラリーが喜びそうな物が想像できなかった。

（そういえば、あたしは自分の小隊の部下たちについて何も知らないや）

◇

ネイア内の居住エリアが夜時間に突入すると、辺りは暗くなっていた。

そんな時間帯に、エマたち第三小隊の面々は歓楽街に来ていた。

歓楽街だが、都市の規模を考えると小さかった。

そのため、夜になると非常に混むというのがネイアの歓楽街の特徴でもある。

居酒屋に入ったエマたちだが、見渡せば全ての席が客で埋まっていた。

ほとんどの客が第七に訪れたお客さんたちばかりで、中にはバンフィールド家の関係者の姿もあった。

騎士や軍人たちが、部隊の仲間を連れて訪れているらしい。

そして、客席同士も近かった。

すぐ隣では、別の客たちがテーブルを囲んで騒いでいて五月蠅《うるさ》い。

そんな中、エマはジュースの入ったグラスを掲げる。

「え、えっと、それじゃあ――乾杯？」

助けてもらった礼とあって、この場の支払いはエマが持つのが決まっている。

そのため乾杯の音頭を取ったのだが、ぎこちない挨拶になってしまった。

同期たちとは何度か集まって騒いだこともあるが、配属されて部下たちと飲むという機会は今までにないので勝手がわからない。

そんなエマを無視して、ラリーがこれでもかと注文をしている。

用意されたメニュー自体が端末であり、操作をすれば注文がすぐに厨房《ちゅうぼう》に届くようになっていた。

「奢《おご》りなら好きなだけ頼んでいいよね」

そう言って、高い料理を次々に注文していた。

遠慮というものが少しもない。

モリーはラリーを見て呆《あき》れている。

「少しくらい遠慮できないの？　エマちゃんの残高を気にしてあげなよ」

すると、ラリーは注文を終えてメニュー端末をダグに手渡していた。

「モリーは相変わらず世間知らずだな」

「何でうちが責められるのよ!?」

「僕たちと違って騎士様は高給取りだよ。まして、Bランクの中尉様だからね。僕たちが驚くような給料をもらっているはずだよ」

モリーがエマの顔を凝視してくる。

「エマちゃん高給取りだったの!?」

二人の反応に、エマは頬を引きつらせる。

「いや、あのね。確かにお給料はいいと思うけど、そこまでもらっていないからね。そもそも、騎士って一般の人よりも出費も大きいし」

強靱《きょうじん》な肉体を持っている騎士たちだが、一般人よりも消費カロリーが多い。

普段の生活をしていても、一般人の倍は食べなければ肉体を維持できなかった。

他にも様々な場面で出費が膨らんでいくため、一般の軍人たちと同じ給与では生活が成り立たなくなってしまう。

そんなエマの言い訳に、ジョッキに入った酒を飲み干したダグが笑っていた。

メニュー端末で次に飲む酒を選びはじめる。

「こういう時は景気よく奢らないと、部下の心を摑《つか》めないぞ。助けられたと恩を感じているなら、少しくらい無茶をしてくれや」

命を助けたのに、お礼をケチるようでは駄目だと言われてしまう。

エマは痛いところを突かれたと思い、もう自棄《やけ》になりながら言う。

「わかりました。わかりましたよ！　もうジャンジャン頼んじゃってください！」

言質を取ったダグがニヤリと笑う。

「いいぞ、お嬢ちゃん。じゃあ、俺はこのお高い酒を飲ませてもらおうか」

ラリーの方は、注文した料理が運ばれてきたので受け取っていた。

運ばれてきたのは、見るからに高そうな料理ばかりである。

「そういうこと。ほら、モリーも好きな物を注文しなよ」

メニュー端末を渡されたモリーは、エマの方を見ながらどうしたものかと迷っているようだった。

「そう言われてもさぁ」

そんなモリーに、エマは強がる。

「いいから、モリーも頼んじゃってよ。大丈夫！　あたし、これでも騎士だから！　騎士だから」

最後の方は消えそうなほど小さな声になっていた。

理由になっていない答えを言うエマだったが、モリーは納得したのかメニュー端末を操作しはじめる。

「だったら、これと――あとこれも！」

次々に注文され、メニュー端末の右下の合計金額が上昇していく。

エマはその数字を見ながら、引きつった笑みを浮かべていた。

（あは、あはははっ！――今月は節約しないと駄目だなぁ）

◇

部下たちが酒を飲み、酔いが回ってきた頃。

エマはこの機会に、三人のことを知ろうと話しかける。

普段話せないような話も、今ならばできるような気がしていた。

実際、酔いが回った三人は普段よりも気が緩んでいた。

「ダグさん、一つ聞いてもいいですか？」

「何だ？」

普段飲めないような酒を楽しんでいるダグは、機嫌が良いのか笑顔だった。

今ならば大丈夫だろう、とエマは踏み込んだ質問をする。

「――どうすれば、メレアの人たちはやる気を出してくれますか？」

エマの問いかけを聞いて、ダグが一瞬だけ動きを止めた。

話を聞いていたラリーも食事の手を止めると、眉根を寄せてエマを睨《にら》んでくる。

怒らせてしまっただろうか？　とエマが心配していると、ダグが頭をかきながら苦笑していた。

怒ってはいないが、エマに対して呆れた顔をしている。

「俺たちにやる気を出してほしいのか？」

「もちろんです！」

この手の話から普段は逃げ出すダグだが、今日ばかりは付き合ってくれるらしい。

高い酒を飲ませてもらった礼のつもりだろう。

「お嬢ちゃん、俺の昔話をきいてくれや」

「昔話ですか？」

答えを濁されたと思ったエマだが、ダグは話し始める。

「旧軍が再編される前の話だ。あの頃の俺たちは、それはもう忙しい毎日を過ごしていた。

思い出すのも嫌になるくらいだ」

バンフィールド家だが、現当主のリアムが誕生するまでは酷《ひど》い状況だった。

領内には活気がなく、寂れていた。

それは軍隊にしても同じだった。

「用意される兵器は中古品ばかり。それでも上等な部類だ。中には故障して使えない兵器を回されたこともある。そいつらを何とか使えるようにして、騙《だま》し騙《だま》し使っていたな」

配備される機動騎士などは、格安で仕入れたモーヘイブなどの量産機だ。

中にはまともに動かない機体も多く、現場にて修理を行い使っていたらしい。

エマは以前にもその話を聞いていたため、同情して悲しい表情をする。

「酷い時代だったと聞いています」

すると、ダグがエマの言葉に何とも言えない顔をする。

「下手な同情はいらないぜ。実際に経験しないと、理解できないはずだ。まぁ、そんな感じで苦労していたわけだが——やっぱり、不良軍人たちも多いわけだ」

「不良軍人ですか？」

エマが考え込むと、ダグが小さく笑っている。

「今、俺たちのことだと思っただろ？」

「い、いいえ」

図星を指されたエマは、ダグから視線を逸《そ》らすと笑って誤魔化すことにした。

ダグはそんなエマを見ながら話を続ける。

「昔は俺たちも真面目だったのさ。他の連中は逃げるばかりで戦いもしないからな。誰かがやらないと領民を守れない、って戦い続けたさ。戦って、戦って——俺たちなりに必死に守ってきたんだよ」

「それは以前にも——」

「——そうして、俺たちは大勢の仲間を失ってきた」

「っ！」

エマが言いかけた言葉を呑《の》み込む。

いつの間にかダグは真剣な顔をしていた。

「俺も大勢の知り合いを亡くしたよ。世話になった上官に、張り合っていた同僚。気の好《い》い奴《やつ》も沢山いたが、みんな死んじまった」

注文していた酒が届くと、ダグはそれを飲みながら続きを話す。

「何もかも失ってきた。それでも俺たちのやっていることには意味があると思っていたんだよ。だけどな、領主の代替わりで何もかも変わった時に――俺たちは張り詰めていた糸が切れた気がしたんだよ」

遠くを見るダグの表情は、もう心が折れているようだった。

エマは思う。

（ダグさんのような人たちがいなかったら、あたしはこの世に生まれていなかったかもしれない）

リアム誕生以降、不良軍人となってしまったダグたち。

しかし、それ以前はバンフィールド家の本星ハイドラを守るために戦ってきた。

多くの仲間の命を失いながら戦い続けた。

だからこそ、エマはダグたちに再び立ち上がってほしかった。

「皆さんのおかげで、あたしたちがこうして生きていると思います。でも、もう一度だけ頑張ってみませんか？　ダグさんたちだって、自分の意思で軍に残ったんですよね？」

旧軍の再編時、バンフィールド家は軍人たちに再就職の道を用意した。

現時点で軍人であるということは、ダグが自ら選んで軍に残ったことを意味する。

しかし、ダグは自嘲していた。

「軍隊生活が長すぎて、他で生きるのが面倒になっただけだ。これまで頑張って来たんだから、精々軍隊にしがみついて生きてやろうと思っているだけさ」

そんなダグの言葉に、エマは言い返す。

「嘘《うそ》ですよね？　それなら、どうしてあたしを助けてくれたんですか？　敵機を相手に、作業用のモーヘイブに乗って駆けつけてくれたじゃないですか」

つい最近の出来事を話すエマに、ダグは頭をかいて黙り込んでしまう。

どうやら、咄嗟《とっさ》の行動について理由が思い浮かばないらしい。

「――助けた理由か。俺の方が知りたいくらいだ」

すると、黙っていたラリーが口を開く。

「騎士様って奴は、ズケズケと他人の事情に踏み込むのが好きなのかい？　これだから騎士って奴らは嫌いだ」

騎士が嫌いというラリーは、苦々しい顔をしている。

「そんなに騎士が嫌いなんですか？」

「あぁ、嫌いだね。よりにもよって、ダグさんに過去を思い出させやがって」

「で、でも、あたしも色々と知りたくて」

「――ダグさんは過去に恋人と弟を戦争で亡くしたんだよ」

「え？」

エマがダグの方に顔を向けると、本人は目を伏せてチビチビと酒を飲んでいた。

誰かを懐かしむような顔をしている。

ラリーはエマが不用意にダグの過去に踏み込んだのが許せないらしい。

「苦しい戦いの中で恋人も実の弟も失った。それなのに、領主様は用済みと判断したらダグさんたちを捨てやがった。――領主の野郎を正義の味方だって尊敬する君みたいな騎士が、僕は一番嫌いだね」

ダグに対して申し訳ない気持ちもわいたが、それ以上に憧れの人を侮辱されてエマも我慢ができなくなった。

酒が回ってきたからだろう。

「ラリーさんだって、その大嫌いな騎士を目指していたって聞きましたよ」

エマがそう言うと、ラリーはダグを睨み付けた。

「ダグさん？」

ダグは気まずそうにしていた。

「別に良いだろ？　良い機会だから話してやったらどうだ？　お前が受けた仕打ちを知れば、お嬢ちゃんも少しは目が覚めるだろ」

ラリーは腹立たしさを感じつつも、エマに自分の過去を話す気になったらしい。

騎士を正義の存在と信じるエマの目を覚まさせてやるために。

「僕も昔は騎士に憧れていたんだよ」

「やっぱり、機動騎士に乗りたかったとか？」

「君と一緒にするな。僕は——騎士って存在に憧れていたのさ」

ラリーは昔、騎士という存在に憧れを抱いていたと話す。

だが、詳しくは教えてくれなかった。

教えてくれるのは、夢破れた後の話だ。

「——騎士になれなかった僕は、それでも機動騎士に乗れるパイロットになった。配属された先は、今みたいに騎士が隊長を務める小隊だよ」

ラリーが語り始めると、ピザを食べているモリーが補足を行う。

「艦隊の機動騎士部隊に配属されたんだよね？　ラリーってば、今はダメダメだけど、ちょっと前は期待された真面目なパイロットだったんだよ」

モリーの話を聞いて、エマは信じられないという顔をする。

「そうだったの!?」

「うん。確か、訓練校を優秀な成績で卒業したから、騎士さんが隊長の小隊に配属になったんだよね？」

モリーがペラペラ話をしてしまうため、ラリーは何とも言えない顔をしていた。

「——そうだよ」

エマはふて腐れたラリーを見ながら、優秀で真面目だった頃を想像できずにいた。

「凄《すご》かったんですね？」

「凄いと言っても一般兵レベルの話だよ。それに、今の君みたいに夢見がちなガキだったのさ。だから、騎士って存在に変な憧れを抱いていたわけ」

「変な憧れって酷くないですか？　自分の夢をそんな風に言わないでくださいよ」

夢について語るエマを煩わしく思ったのか、ラリーは話を進めることにしたらしい。

「話を戻すけど、その時の隊長が糞《くそ》野郎だった」

「え？」

「僕たち騎士ではないパイロットを雑兵って呼んでゴミのように扱っていたよ。自分の功績のためになるなら、平気で捨て駒にする奴だった」

「そ、そんな」

バンフィールド家の騎士はそんなことをしない！　とエマは強く反論できなかった。

全ての騎士が善人であるとは、エマも断言できない。

実際に悪い騎士がいるのは知っていた。

軍警察に逮捕される騎士が毎年のように存在している、とエマも騎士学校で習っている。

当時を思い出したのか、ラリーは憎しみのこもった顔をしていた。

俯《うつむ》き、そのまま続きを話してくれる。

「その時の僕は他の普通の騎士はまともだと信じていたからね。上に報告して、何とかしてもらおうとした。そしたら、何て言われたと思う？」

　顔を上げて仄暗《ほのぐら》い笑みを浮かべたラリーに、エマは答えられずにいた。

「え、えっと」

「中隊長の騎士に報告したら言われたよ。『騎士に逆らう軍人なんて必要ない』ってさ。僕が告げ口したと知って、その後に隊長から私刑を受けたよ。その後もずっと嫌がらせを受けたね」

　真面目で優秀――そんな期待されたパイロットだったラリーも、その時の経験から騎士への憧れを捨てたらしい。

　エマは頭の中で考える。

（騎士学校を出た先輩たち？　いや、違う。ラリーさんの経歴を考えると、多分だけど余《よ》所《そ》から仕官してきた騎士たちだ）

　バンフィールド家で育てられた騎士ではなく、他から流れてきた騎士たちだろう。

　騎士不足であるバンフィールド家では、多くの騎士たちを求めて毎年のように大量に雇い入れている。

　騎士学校を卒業した騎士たちも増え始めているが、言ってしまえば上層部は領外から流れてきた騎士ばかりである。

　未《いま》だに、領内出身の幹部クラスの騎士は存在していなかった。

　だが、それを言ってもラリーは納得しないだろう。

　ラリーは言う。

「君も騎士に対しての憧れは捨てた方がいいよ。そもそも、騎士は正義の味方じゃないからさ」

　エマは太ももの上に置いた両手を握りしめた。

「わかっています。それでも、あたしはあの人のような正義の騎士になりたいんです」

　頑固なエマを見て、ラリーがため息を吐《つ》く。

「だったら、もっと宣言せずに心にとどめておく程度にしなよ。他の部隊に配属されて同じようなことを言っていたら、笑われて馬鹿にされるだけだよ」

「笑われたって気にしません！――って、どうしてあたしが異動する感じになっているんですか⁉」

　ラリーの話し方からすれば、エマがメレアを出て他の部隊に配属されるのが決定しているように聞こえる。

　すると、黙って話を聞いていたダグまでもが、異動を前提としていた。

「当たり前だろうが。どう考えてもメレアは左遷先で、お嬢ちゃんみたいな特別な騎士がいるような部隊じゃないだろ」

「勝手に決めないでください！　そもそも、配属先を決めるのはあたしたちじゃありませんからね！」

「だからだよ。上の連中は、お嬢ちゃんを俺たちがいるような部隊に残しておきたくないはずだ。いずれ、お嬢ちゃんには相応《ふさわ》しい部隊に異動するよう命令が出るはずだ」

特機開発に関わる希有《けう》な才能を持つエマだから、ダグたちはいずれ他の部隊に異動して活躍するだろうと考えているようだ。

モリーが悲しそうに――というよりも、酒に酔って涙腺が緩くなっているらしい。

泣き出してしまう。

「エマちゃん――どこか他の部隊に行くの？　うちを置いていかないでよぉ～」

モリーが泣きながら抱きついてくるため、エマは慌てる。

「行かないよ！　というか、泣き止《や》んで！　周りから変な目で見られているから！」

その後、泣き止まないモリーを慰め、その日のエマたちは解散することになった。

モリーが泣き止むのを待っていると、エマは視線を感じ、頭を動かして視線を巡らせる。

「あれ？」

そんなエマを不審に思ったダグが、酔って赤くなった顔で尋ねてくる。

「どうした、お嬢ちゃん？」

「――いえ、気のせいみたいです」

（誰かがあたしたちを見ていたような気がしたけど――きっと気のせいだよね？）

◇

居酒屋を出た三人組の女性たちが、路地に入ると端末を使って報告を行う。

「団長、標的の騎士についてですが」

通信相手の顔は見えず、サウンドオンリーと表示されている。

『何かわかったの？』

「気にする必要はない、というのが正直な感想ですね。どこにでもいる夢見がちな子供でしたよ」

『随分と若い子だったわよね？』

「えぇ、話を聞いて吹き出しそうになりました。いきなり正義の騎士になる、なんて夢を語り出して――」

笑いながら報告する女性だったが、相手の反応が変化する。

『――それは随分と夢見がちな子ね』

底冷えするような低い声だった。

女性たちが驚いていると、相手は通信を切り上げようとする。

『いいわ。あなたたちは戻ってきなさい』

「は、はい」

通信が終わると、女性たちは顔を見合わせた。

「今の団長、様子がおかしくなかった？」

「機嫌が悪かったんじゃないの？」

「そ、そうよね」

普段なら報告であそこまで激高しないのに、と疑問を持つ面々だった。

◇

翌日。

ダグとラリーから話を聞いたエマだったが、親しいモリーの話を聞けずに昨晩は終わってしまった。

そのため、今日はモリーと一緒に朝から出かけることにした。

女の子同士、街に買い物に来ている。

エマとモリーは、ショーウインドーに並べられた商品を見てはしゃいでいた。

二人とも瞳を輝かせ、興奮から声が大きくなっている。

「これ凄くない!?　こんなの滅多にお目にかかれないよ!!」

「いい！　これはお宝だよ、エマちゃん！」

若い女の子がはしゃいでいる姿に、周囲を歩いている人々が奇異の目を向けていた。

二人の様子は別段不思議な光景でもないのだが、問題なのは二人が見ている商品だ。

ガラスの向こうに並べられている商品を前に、エマが早口になる。

「これ、アヴィドと同型の機動騎士だよ！　バンフィールド家の特別仕様じゃないアヴィドとか、レア物中のレア物だよね。バンフィールド家ならガレージキットのアヴィドもあるけど、余所だと見かけないって聞くからさ。やっぱり、アヴィドを開発した第七兵器工場だけあるよね。再現度も無茶苦茶高いよ！　あ〜、これを買って実家に飾りた〜い」

飾られていたのは、アヴィド――バンフィールド家の領主が愛機とする機動騎士のプラモデルだった。

ただ、バンフィールド家の仕様とは違っていて、カラーリングはグレーの金属色になっている。

何よりも、元来アヴィドという名は機種名ではない。

リアムから三代前のアリスターが、愛機の呼び名にしていた。

だが、その後にアリスターの活躍もあって、第七兵器工場が正式にアヴィドという名を採用した経緯があるそうだ。

エマの隣では、モリーがガラスに額と両手を押しつけて中の商品を眺めている。

「未改修の素の一般機仕様のアヴィドとか激レアでしょ。ハイドラなら、多分だけどこの十倍の値段が付くんじゃないかな？　それを差し引いてもかなり高額だけど」

二人揃《そろ》って値段を見て肩を落としていた。

アリスター機だったアヴィドは何百年も前に活躍した機動騎士であり、プラモデルとなったのもかなり前のことである。

現在は生産していないと説明文に書かれており、発売された当時の価格よりも高額になっていた。

「プレミア価格だね。でも、ここで手に入れないと下手をすると一生手に入らないかもだし」

昨晩散財したばかりのエマだったが、目の前のお宝を前にして腕組みをして考える。

かなり真剣に悩んだ後に、覚悟を決めて宣言する。

「あたし、買う！　買って組み立てて、実家の棚に飾る！　リアム様仕様のアヴィドの隣に、この子を並べているところが見たいから！」

真剣な表情をしているエマを見て、モリーが「お〜」と言いながら拍手をする。

友人が高額な買い物をする覚悟を応援していたのだが、変なことを言っていると思ったのか首をかしげた。

「待って、エマちゃん。現行アヴィドのプラモデルなんてあった？　アレ、発売どころかガレージキットも発売許可が下りないって聞いたよ。厳しく取り締まっているって噂《うわさ》もあるし、存在しないはずだよね？　もしかして――フルスクラッチ？」

モリーは、エマが個人的に一から制作したのか？　と考えたらしい。

そんなモリーに、エマは得意気な顔で入手した経緯を話す。

「それが短期間だけ発売されていたんだよね。本当に一時期だけ、数ヶ月の間だけ販売されていた幻のキットだよ」

モリーが両手を口に当てて、エマを羨ましがる。

「いいなぁ」

エマは当時を振り返りつつ、幸運に恵まれたと喜びを噛《か》みしめる。

「あたしはあの時の自分を褒めたいね。何しろ、その時の全財産を叩《はた》いて三つ購入したんだから」

三つも同じ物を購入したと自慢するエマに、モリーは引く――ことなく素直に感心していた。

「エマちゃん凄《すご》い！　それは英断だよ！」

褒められたエマは、そのまま模型店に入って――アヴィドのキットを三つ購入して店を出てきた。

嬉《うれ》しそうにしながらも、何故《なぜ》か顔は青くなっていた。

心配してモリーが理由を尋ねる。

「エマちゃん、どうしたの？　何か問題でもあったの？」

すると、エマは青ざめている理由を話し始める。

「勢いに任せて三つも買っちゃったけど――どう考えても今月は使いすぎたから、分割払いにしたの。でも、計算したらしばらくは節約をしないと駄目みたい」

一つにすればいいのに、欲を出して三つも購入してしまった。

その代償は、数ヶ月間の節約生活である。

そんな友人の姿を見て、モリーは何と声をかければいいのかわからないようだ。

「そ、そう。大変だね。――お昼は奢《おご》ろうか？」

今月のやりくりに悩むエマには、モリーからの提案が非常に魅力的だった。

しかし、だ。

――これでもエマは第三小隊の隊長である。

「嬉しいよ、モリー！　けど、けどね！――これでもあたしは隊長だから、部下に奢ってもらうのは駄目だと思うの」

「エマちゃんってば気にしすぎだと思うけど？　まぁ、昨日は沢山奢ってもらったから、少しくらい返させてよ」

昨日のお礼だというモリーに、エマは嬉しくて泣きそうになる。

「ありがとう、モリー！」

店先で二人が騒いでいると、見かねたのか綺麗《きれい》な女性が近付いてくる。

やや呆《あき》れた顔をした女性は、以前に見かけたことがあった。

ラクーンを見ていた女性である。

女性が二人に注意をしてくる。

「店先で騒ぐと迷惑になるわよ」

周囲を見ると大勢の視線が集まっており、恥ずかしくなったエマは顔を赤らめた。

慌てて女性と周囲に謝罪をする。

「すみませんでした！　すみませんでした！」

それを見て、女性はニコリと微笑《ほほえ》む。

「私に謝る必要はないわ。それよりも、前に見かけたことがあるわね。確か、新型の機動騎士を見学している時だったかしら？」

僅かに首をかしげて微笑む女性に、エマは同意する。

「あ、はい」

「元気なのはいいことだけど、もう少し落ち着きを持ちなさいな」

「あはは――き、気を付けます」

苦笑するエマを見る女性だが、その視線はつま先から頭の天辺《てっぺん》までを見ていた。

まるで値踏みをするような視線に、エマは居心地の悪さを感じる。

「あの、何か？」

「ちょっと気になることがあっただけ。でも、もう終わったから気にしないでね」

「は、はぁ」

微妙な顔をするエマを見ながら、女性はクスクスと笑った。

「可愛《かわい》いと思っただけよ」

「か、可愛い、ですか⁉　いえ、あたしなんてとても」

否定するエマは、両手を振って顔を真っ赤にしていた。

女性は微笑みながら、近くにあるオープンカフェテラスを親指で指し示す。

「時間があるなら少し話をしていかない？　私――あなたに興味があるの」

「あ、あたしですか？」

　エマは顔をモリーに向けて、どうするべきか視線で尋ねる。

　モリーの方はあまり深く考えていないのか、誘いを受ければ良《い》いと言う。

「いいんじゃない？　誘ってくれるなら奢ってもらえるかもよ？」

　奢ってくれそうと言うモリーに、エマは頭を抱えたくなった。

「失礼だよ、モリー」

　恥ずかしそうにするエマだったが、そんな自分は大きなプラモデルの入った袋を幾つも両手にぶら下げている。

　女性はおかしくて仕方がないらしい。

「心配しなくても私の奢りよ。こちらから誘ったのだから、あなたたちは好きな物を頼んで良いわ」

　それを聞いて、二人は顔を見合わせた。

　エマは恥ずかしそうに、モリーは大喜びでだ。

「それじゃあ、お願いします」

「やったね、エマちゃん！」

◇

女性がオープンカフェテラスに二人を連れて席に着くと、周囲の視線を集めていた。

組み合わせが不思議だったのだろう。

大人の色気を持つ女性に、どう見ても友人には見えない女の子が二人。

ただ、僅かに興味を引いただけで、すぐに周囲は気にも留めなくなる。

席に着いたエマは飲み物を頼み、店員が運んでくると女性から自己紹介を受ける。

「私のことはサイレンと呼んでくれるかしら？」

「サイレンさんですか？」

「呼び捨てでいいわよ、エマちゃん」

ちゃん付けで呼ばれたエマは、何故だか急に恥ずかしくなって飲み物をストローで飲む。

大人の女性にからかわれている気がしたからだ。

モリーの方を見ると、頼んだ大きなパフェを食べるのに夢中になっていた。

これでは会話に入ってくれそうにないな、と諦める。

サイレンはエマに体を向けて、興味深そうに見つめてくる。

「バンフィールド家の騎士なのよね？」

「あ、はい」

「今はこっちに任務で来ているのかしら？」

「いや、それはその――」

軍事機密に関わるため、答えられずにいるとサイレンの方から謝罪してくれる。

「ごめんなさいね。不用意に踏み込んだ質問をしてしまったわ。貴族様の私設軍とは言っても、立派な軍人さんですものね」

謝られたことに、エマはホッと安堵《あんど》する。

「すみません。ここにいる理由などは話せないんです」

「構わないわ。私が気になっているのは、あなた個人ですもの」

エマは自分を指さして、首をかしげる。

「あたしですか?」

どうして目の前の綺麗な大人の女性が、自分に興味を持つのだろうか?

不意にジャネット大尉の顔が思い浮かんだ。

エマは急にしどろもどろになる。

「え、えっと、あたしはその、同性には興味がないと言いますか」

サイレンから視線を逸《そ》らし、いかにして誘いを断ろうかと考えていた。

だが、サイレンの方は苦笑している。

「安心して良いわよ。私も異性が好きなタイプなの。それよりも、個人的な興味というのは別の話よ」

「別ですか?」

サイレンはエマに向かって微笑む。

「可愛い女の子が騎士を目指した理由が気になったのよ」

エマは自分が騎士と見抜かれたことに驚く。

「どうしてあたしが騎士だって気付いたんですか？」

「何となく？　それに、私も以前は他家で騎士をしていたからね。大変な仕事だって理解しているから、どうしても気になってしまうのよ」

以前はどこかに仕官していたという雰囲気を漂わせていた。

エマはサイレンが、元は宮仕えの騎士と聞いて納得する。

「そうだったんですか。――それで、今はどこに仕官しているんですか？　もしかして、帝国直臣の騎士とか？」

貴族に仕える騎士ではなく、帝国に仕える騎士なのでは？

そんな予想をするエマに、サイレンは笑いを堪《こら》えきれなかったようだ。

「そう見える？」

「は、はい。だってその――何だか大人で余裕がありますし」

そう言いながら、エマは自分が知る中で強い騎士たちを思い浮かべる。

（領主様は別格だけど、サイレンさんみたいな女性騎士はクローディア教官くらいしか知らない。そういえば、二人とも大人の女性って感じで何かかっこいいな）

エマが知る最高の騎士は、教官だったクローディアだ。

そんな彼女に並ぶくらいに、サイレンが騎士として眩《まぶ》しく見えた。

だが、サイレンは視線をテーブルに下げる。

「ありがとう。でも、今はどこにも仕官していないの。自由気ままな用心棒生活を楽しんでいるわ」

「用心棒ですか？」

理由があって仕官しない騎士は多い。

そんな騎士たちが、その能力を活《い》かして用心棒をすることは珍しくなかった。

「サイレンさんはどうして仕官しないんですか？」

（あたしより強そうに見えるから仕官できると思うのに）

騎士として自分よりも格上であることは、エマも何となく見抜いていた。

サイレンはエマを見て微笑む。

「内緒、って言いたいけど深い理由はないのよ。前の主君とそりが合わなくてね。それなら一人で自由気ままな生活がいいと思っただけ」

「そ、そうでしたか」

エマにとって、憧れた騎士とは仕官している騎士だ。

そのため、サイレンの話を聞いてもあまりピンとこない。

ただ、人それぞれなのだと思う。

サイレンが少しだけ身を乗り出して、エマに興味を持っていると示しながら問う。

「それで？　あなたが騎士を目指した理由は何かしら？」

エマはサイレンに興味を持たれて嬉《うれ》しかったが、同時に自分の夢が酷《ひど》く矮小《わいしょう》に感じてしまう。

「――あたしが騎士を目指した理由なんて聞いても面白くありませんよ」

誰に言っても馬鹿にされて来た。

だから、他人に話すのが嫌になっていたのだが、サイレンは言う。

「自分の夢や憧れをそんな風に言ってはいけないわ。私は笑ったりしないから話してくれないかしら?」

サイレンの言葉は、昨晩にエマがラリーに言った言葉だ。

エマはそれを聞いて恥ずかしそうにする。

「そ、そうですよね。えっと、実はうちの領主様に憧れているんです」

「バンフィールド家の伯爵様のことかしら?」

「はい! あの、凄《すご》く強くて、子供の頃に正義の味方に見えたんです。だから、あたしも領主様みたいな正義の騎士を目指そうって思って」

嬉しそうに騎士になった理由を話すエマだが、最近の失敗続きを思い出して表情が曇る。

「――でも、あたしは失敗ばかりです。夢を語っても、夢に近付くことはできません。幾ら頑張っても、憧れの人には近付けそうな気がしないんです」

落ち込むエマを見て、サイレンは優しく語りかける。

「何事も最初から上手《うま》く行くなら苦労はしないわよ」

「え?」

「夢に向かって努力するのは素晴らしいことよ。失敗など吹き飛ばせるくらいの成果を出しなさい。そうすれば、あなたは自分が理想とする騎士に近付けるわ」

「で、でも」

「正義の騎士なんていいじゃない。あなたはあなたの理想を追いかければいいのよ。たとえ笑われたとしてもあなたは目指すべき——」

エマを励ましてくれていたサイレンだが、急に自身の口に手を当てる。

まるで自分の発言に驚いているような顔をしたが、すぐに先程と同じ笑みを浮かべる。

ちょっと照れくさそうにしているが、大人の女性として余裕のある先程の態度と比べるとギャップもあって可愛く見えた。

その様子にエマが首をかしげていると、気恥ずかしそうにする。

「どうかしましたか？」

「ごめんなさい。用事を思い出してしまったの。悪いけど先に失礼するわね。それから、頑張ってね、正義の騎士ちゃん」

席を立ったサイレンが背を向けて足早に去って行く姿を見送る。

いつの間にか、モリーはパフェを食べ終えていた。

「相談して良かったね、エマちゃん」

サイレンとの話を邪魔してはいけないと思ったのか、モリーは口を挟まなかったらしい。

友人であるエマの表情が、随分と晴れやかになっているのを嬉しそうに見ていた。

「――うん」

「それにしても、何だかかっこいい感じの人だったね」

エマとは違い、サイレンは大人の魅力に溢《あふ》れた女性だった。

自分もあんな風になりたい、とエマに思わせた程だ。

「いいよね。あたしもあんな風に立派な騎士になれるかな？」

サイレンのような騎士になりたいと言うと、モリーが頬を指でかいた。

エマには難しいと思ったのだろう。

「どうかな？　エマちゃんは可愛《かわい》い系だし」

「可愛い系!?　でも、あたしはかっこいい大人になりたいの！」

「向き不向きがあると思うけどね～」

モリーはかっこいい大人になりたい、と言っているエマを笑って見ていた。

エマは去ってしまったサイレンを視線で捜すが、もう姿は見えなかった。

見えなくなったサイレンに感謝を伝えるため、胸に手を当てて笑みを浮かべる。

（ありがとうございました、サイレンさん。あたし、もっと頑張ってみます。それから、いつかあなたのような騎士になります）

出会って間もない騎士として先輩の女性に、エマは礼を言うのだった。

女性と別れた後、エマとモリーはショッピングを続けた。

その後にレストランに入り、夕食を取ることに。

小洒落《こじゃれ》たレストランは二人とも気が引けるというか、居心地が悪いという話になって手頃なレストランに入る。

古くて狭いレストランに入ったが、掃除が行き届いており感じのいい店だった。

どうやら夫婦で営んでいるらしい。

女性が厨房《ちゅうぼう》で料理をして、男性が料理を運んでいる。

席に着いたエマとモリーは、そんな二人を眺めつつ話をする。

「凄いね。ほとんど手作りだよ」

下処理した食材を炒《いた》めている女性を見て、感心するエマにモリーも同意する。

「最近だと手を加えるのは最後だけ、ってお店も多いみたいだけどね。でも、やっぱりこういうお店の方がうちは好きかも」

「あ〜、わかる〜」

選んだのは壁際にある差し向かいの席だった。

昨今では珍しい厨房の様子を見ながら、二人は会話を楽しんでいた。

機動騎士が好きという共通点があり、出会った頃からモリーとは親しい関係にある。

だが、エマはモリーについてあまり詳しいことを知らない。

それは、モリーが育児院出身というのも影響していた。

施設で育ち、軍に進んだモリーの過去を聞いて良いのかためらっていた。

エマがモリーの顔にチラリと視線を向ける。

普段から笑顔が多く楽しそうなモリーが、いったいどんな過去を持っているのか？

気になるが聞けずにいると、エマの視線に気付いたモリーが視線を向けてくる。

「どうかしたの？」

「えっと――何でもない」

過去を尋ねるべきか一瞬悩んだエマは、今の関係を壊したくなくて何も言えなかった。

だが、モリーはエマの顔を覗《のぞ》き込み、何を考えているのか言い当ててくる。

「当ててあげようか？　うちの過去を知りたいとか、そんな感じでしょ？」

「どうしてわかったの!?」

驚くエマを見て、モリーは種明かしをする。

「昨日あれだけダグさんとラリーの過去を聞いたんだから、次はうちかな～？って思っただけだよ」

「そ、そう」

「あと、エマちゃんは内心が顔に出るタイプだからね。何を考えているのか、丸分かりだよ」

「え、そんなに？」

自分で思っているよりも、感情が表に出ていると知ってエマは急に恥ずかしくなってくる。

顔を赤くしているエマを見て、モリーはクスクスと笑った後に――少しだけ物悲しそうな顔をしながら淡々と語り始める。

「うちの話なんて聞いても面白くないと思うけどね。それでも知りたい？」

エマは数十秒考えてから、唇を噛《か》んでから一度だけ深く頷《うなず》いた。

モリーは微笑を浮かべると、そこからは無表情で説明する。

「――物心が付いた頃には育児施設にいたわ。施設の人もうちの両親については何も知らないって言っていたわね」

「そう、なんだ」

エマが相づちを打つと、モリーは視線を逸《そ》らしつつ言う。

「職員が両親の事情を話さないのって、本当に知らない場合か――もしくは、伝える方がまずいと判断した時なのよ」

「え？」

「うちの場合は、多分後者じゃないかな？　施設を出る時に、職員の人が最後まで悩んだ顔をしていたし」

モリーがこれから生きる上で、両親の素性は知らない方が良いと判断された。

それは温かい家庭で育ったエマには信じられず、とてもショックだった。

まさか友人がそこまでの境遇だったとは、と。

モリーにかける言葉が出てこない。

ただ、モリーの方は気にもしていない様子だった。

むしろ、両手を合わせて嬉しそうに振る舞う。

「あ、でもね！　うちって運が良いらしいよ。ちょっと前は育児施設もなかったみたいだからね。生きていられるのは、今の領主様のおかげだってさ」

「領主様の？」

「うん！　代替わりしてから改革が進んだから〜って。だから、うちってばダグさんやラリーみたく、領主様のことって嫌いじゃないんだよね。――別に好きでもないけど」

モリーがケラケラ笑う姿を見て、エマは膝の上で手を握りしめる。

ダグのように領主を恨んでいる様子はない。

そもそも強く意識するような存在ではないのだろう。

自分とは接点のない雲の上の存在であるため、何の感情も抱いていないようだ。

それはエマにとって少し寂しかった。

もう少しだけ領主様に感謝してほしい、という気持ちがあったからだ。

だが、モリーも生きるのに精一杯だったのを思えば責められない。

むしろ、自分が尊敬している領主様に感謝してほしい――と押し付けるような気持ちが、エマには自分勝手に感じた。

「そっか――嫌いじゃないなら、あたしとしても嬉しいよ」

エマにとっては、大好きな領主様を友人が嫌っていないと知っただけ収穫だった。

「機械いじりが好きだったから整備兵になったけど、やっぱり軍隊って厳しくて辛《つら》くてさ。でも、うちは今の暮らしをそんなに悪いとは思っていないんだよね。施設にいた頃より快適になったと思っているくらいだし」

ヘラヘラ笑ってみせるモリーの笑顔を見て、エマは気付かされる。

軍にいながら規律を軽んじ、普段からヘラヘラしているモリーが、ただ陽気に振る舞っているだけではないと知ったためだ。

口にはしないが、施設で育って辛い思いもしてきたのだろう。

それなのに、周囲に対して陽気に振る舞えるモリーの強さに驚かされる。

「そんなに辛い過去があるとは知らなかったよ」

「う～ん、人と比べたことがないから辛いとは思わないけどね。それに、うちは機動騎士の整備ができればいいんだよね。――おっと、料理が来たよ。エマちゃん、ここも奢《おご》ってあげるから沢山食べてね！」

料理が運ばれてきたタイミングで、モリーの過去の話も終わりとなった。

これ以上深く聞いてしまうと、色んな闇が見えてきそうだった。

それを聞かずにいて良《い》いのか？　と思うと同時に、そこまで踏み込んで良いのだろうか？　というためらいの気持ちにエマはさいなまれる。

ぎこちない笑みを浮かべて、エマはモリーに礼を言う。

「――そうだね。ありがとう、モリー」

「どういたしまして」

第七話 ▼ 合同開発

アルグランド帝国首都星。

帝国の中枢である首都星は夜――惑星全体で夜を迎えていた。

本来であれば暗くなっている時間帯だが、首都星の都は人口密集地巨大都市だ。

道路も空も移動する乗り物のライトで灯《あかり》が流れているように見え、高層ビルが建ち並んでおり窓から明かりが漏れている。

小さな一つ一つの灯が集まり、夜だというのに都を明るく照らしていた。

そんなビルの一つにある高層のバーにて、一人の人物がカウンター席に座って酒の入ったグラスを眺めていた。

グラスを揺すると、酒の色が赤から青へと変色した。

揺らせば液体が幾度も変化していく。

その変化を眺めていた人物は青年だった。

まだ若く、大人になりきれていない印象を与える風貌をしている。

だが、本人は見た目に関係なく堂々としていた。

高級感漂うバーにて、少しも気後れする様子がなく座っている。

それもそのはずで、彼は特別だった。

カウンターの内側にいる店員が、彼のためだけに控えている。

客は彼一人だけ。むしろ、彼のためだけに店が開かれていると言ってもいい。

他の客がバーに訪れようとすると、入り口に控えている武装した護衛たちが丁寧な対応で戻るように促していた。

他にも、青年のために、給仕をする店員が何人も控えていた。

青年の動きを注視しており、命令がなくともすぐにでも動けるようにしている。

店内には音楽が流れていたが、青年の持っている端末に着信があると店員により止められて静寂が訪れる。

青年がグラスを置いて、端末を操作すると目の前にスクリーンが投影される。

「こんな時間にお前から連絡が来るとは思わなかった」

『おくつろぎの最中に申し訳ありません。ただ、すぐに判断を仰ぐべきと判断いたしました』

「構わないから話せ」

青年はグラスを手に取ると、目の前に掲げて投影される映像を見ながら話を聞く。

『第三兵器工場より、特機開発を中止したいという提案が出されました』

報告された内容を聞き終えると、小さくため息を吐《つ》いた。

「第三は手を引くつもりか？」

『はい。特機開発は採算に合わないとして、計画中止も視野に入れているらしいと軍から報告が来ました。第三兵器工場は謝罪の意味を込めて、来年度に購入予定の兵器類に関して大幅な値引きを提案してきています』

映像に映るのは、赤い瞳が特徴的な無表情の女性だった。

長く艶のある髪をポニーテールにしたメイド服姿の女性は、青年を前に淡々とやり取りをしている。

「諦めるのが早いな」

『第三兵器工場内の派閥争いが原因ではないか、とユリーシア様が予想していらっしゃいます』

「この俺を使って派閥争いか？」

自分を利用して派閥争いをする第三兵器工場に対して、青年は腹が立つのか少し眉根を寄せた。

しかし、すぐに微笑《ほほえ》む。

「結構なことだ。俺が損をしないなら問題ない」

第三兵器工場も青年に対して謝罪の気持ちを持っており、取引を予定していた艦艇や機動騎士の一部を無料で提供すると申し出てきている。

これにて、来年度の予算に大きな余裕が生まれるだろう。

特機開発の計画は中止になったが、それ以上の利益は得られた形になる。

第三兵器工場が、青年を軽んじていない証拠でもある。

映像の中の女性が確認する。

『それでは、計画はこのまま凍結とされますか？』

「それではつまらないな」

アタランテの開発計画は凍結——中止という判断が妥当だった。

しかし、青年はグラスの中の酒を飲み干し、カウンターに置くと命令する。

「その特機は第七でテスト中だったな？」

『はい』

「——ニアスを呼び出せ」

◇

小惑星ネイアにある機動騎士開発用の施設。

ハンガーに固定された頭部と胴体だけとなったアタランテが、アームに固定されていた。

そんなアタランテの前では、激しい言い争いが行われている。

言い争っているのは、興奮して顔を赤くしているパーシーだ。

この場に乗り込んできた集団に対して、息を荒らげていた。

「どうして第七と共同でアタランテの改修をしないといけないのよ！　この子の動力炉は第三の機密中の機密なのよ！」

上層部から伝えられた決定は、開発の中止ではなく条件付きの継続だった。

それを聞いてパーシーたち開発チームは大喜びをしたのだが、条件を提示されると頭を抱えることになった。

一つは結果を出すこと。

これは当然であるし、パーシーたちも納得して受け入れた。

次は兵器としての完成を目指すこと。

特機とは言え、パイロットを選びすぎるのは問題だ。

最低でも熟練パイロットたちが操縦できる機体に仕上げるために、そのためのデータを収集しろと命じられた。

これもパーシーたちは受け入れた。

他にも幾つも条件があったのだが、パーシーが唯一納得できなかったのは「第七兵器工場との合同開発」という条件だった。

興奮するパーシーとは反対に、やる気のないニアスがタブレット端末でアタランテのデータを確認している。

棒のついた飴《あめ》を口に含み、少しばかり腹を立てているのか眉根を寄せている。

そう――アタランテの改修に駆り出されたのは、ニアス・カーリン技術少佐だった。

興奮するパーシーに向かって、呆《あき》れた口調で言い返す。

「私も暇ではないのよ。――あの人の命令でなければ、貴重なレアメタルを使ってまで欠陥機の改修なんて依頼は受けなかったわ」

第七兵器工場でマッド・ジーニアスなどと呼ばれ、好き勝手に振る舞っていたニアスも逆らえない人間がいるらしい。

ニアスの補佐をするため派遣されたマグが、二人の言い争いを聞いて肩をすくめる。

そして視線をアタランテへと向けた。

「上層部でまとまった話なら、わしらがどうこう言っても始まらないだろ？　命令が出たなら、さっさと仕事に取りかかろうぜ」

ドワーフであるマグに諭されたパーシーは、複雑な顔をしていた。

頭では理解しているのだろうが、心は別なのだろう。

全力で叫ぶ。

「納得できないわよ！　私たちがどれだけ、この子——アタランテの開発に心血を注いできたと思っているの？　どうして上はいつも面倒なことばかりしてくれるのよ！」

上層部への愚痴まで出はじめたパーシーに対して、ニアスは話すのも面倒になったらしい。

相手をするのも無駄と判断し、自身はデータに視線を戻して改修案を考えはじめる。

つまり、パーシーを無視している。

パーシーはニアスの態度に我慢できず、自ら絡んでいく。

「私を無視するんじゃないわよ！」

ニアスに代わって話し相手になるマグは、なだめつつも話を先に進めたいらしい。

「わかった。わかったから。それより、基本フレームをどうにかしようぜ。お前らのネヴァンタイプ、流行を取り入れて細身だけど頑丈さに欠けるから、もっとマッシブになるように太くしていいか？」

基本フレームから変更すると言い出すマグに対して、パーシーはネヴァンタイプを否定された気持ちになった。

そもそも、基本フレームを変更するとなれば、それはもうネヴァンではない。

「ふざけんなよ、このドワーフがぁぁ!!」

開発室にパーシーの絶叫が響き渡る中、ニアスは黙ってデータの確認をしていた。

周囲の騒ぎなど雑音にもならないようで、平然としている。

すると、興味深いデータを発見する。

かなりの速度でデータをスクロールしながら確認していたニアスだったが、画面を止めると食い入るようにデータを見つめた。

（――随分と面白いデータじゃない）

それはアタランテに搭乗したパイロットのデータである。

エマのデータを詳しく調べたニアスは、ある可能性に気付いた。

（さて、そうなると改修案は絞られていくわね。これは、思っていたよりも楽しい仕事になりそうだわ）

今回の仕事に興味を持ったニアスは、興奮から口に含んでいた飴を噛《か》み砕きはじめた。

◇

改修を受けていた空母メレアだったが、どうやら終わりが見えてきたようだ。

既に外観は問題なくなっている。

フレーム自体は変更していないため、外観は大きく変わっていない。

それでも、装甲板を張り替えているため古さが消えている。

内部構造にも随分と手を加えられているようで、作業員や機械のアームが内部で何やら工事をしていた。

ドック内にある建物から改修の様子を見ている第三小隊の面々は、新しいメレアについてあれこれ話をしている。

エマはガラス窓にデータを表示し、その内容に驚いていた。

「これ、主流の艦艇と比べても全然見劣りしない性能ですよ。むしろ、一部の性能は大きく上回っていますね」

現在の帝国で主流となっている艦艇とデータを比較すると、改修を受けたメレアの方が優れている部分が多かった。

性能の向上に感心しているエマに対して、ラリーの方は嫌みで答える。

「長い間放置されてきた証拠だろ。むしろ、退役させずにいるのが不思議なくらいだよ。僕たちには新しい艦艇を用意する価値がない、って言われているような気がしてならないね。というか、ここまでメレアを使い続ける意味があるのかな？」

新しい艦艇を購入するよりも、改修して安く済ませようとしているのではないか？

そんな風に感じ取ったらしい。

その辺の事情を気にしないモリーは、純粋に改修されて綺麗《きれい》になったメレアに喜んでいた。

「生活環境が改善されるのはいいよね。前は食堂も汚かったし、色んな設備がボロボロだったからさ。うちは大歓迎だね」

生活環境が改善されるだけでも、クルーにとってはありがたい話である。

ただ、ダグの方は改修されたメレアに不安を抱いているようだ。

腕を組んで不満そうな顔をメレアに向けている。

「性能云々《うんぬん》なんて実際に使うまで信用できるかよ。それから、問題なのは機動騎士の積載数が前の半分まで減らされていることだ」

軽空母――機動騎士を運用するための母艦であるため、本来であれば積載数が減るというのは問題だ。

むしろ、軽空母としての役割から遠ざかった改修を受けている。

エマが減らされた理由を語る。

「アタランテの開発計画が継続されましたからね。予定通り、そのための設備を積み込んだら積載数が減ったみたいですよ。あと、技術試験艦の運用テストとか何とか？」

ダグはテストと聞いて不機嫌になった。

「俺たちのメレアを試験用の玩具《おもちゃ》扱いか？」

「そこまでは言っていませんからね！」

「へいへい」

エマの話にモリーが加わってくる。

自分にも関わってくる話題のため、黙っていられないのだろう。

「アタランテって基本はネヴァンでも特機だから、整備するとなると今までのメレアだと設備が足りなかったからね。でもさ、そもそもうちらの機動騎士部隊って元から数が少なかったから積載数が減っても問題ないよね」

本来、メレアに積載できるのは四個中隊規模だったが、今では二個中隊しか配備されていなかった。

第一から第九までの九つの小隊が、メレアの全戦力となっている。

そのため、積載数が減ったとしても戦力は変わらなかった。

ただ、ラリーはダグと同様に不満らしい。

「それでも、空母としてのメレアの価値は下がっているよ。もう上は、メレアに期待なんかしていないってことだね。――まったく、上層部の勝手にも困るよね。計画を中止すると言ったかと思えば、今度は急に継続を決めるしさ」

わざわざ新しい艦艇を用意するよりも、退役してもおかしくない旧式艦を使えばいい

――そう言われている気がしたのだろう。

モリーはメレア以外の辺境治安維持部隊の艦艇に視線を向ける。

改修が不可能と判断され、解体されていた。

「護衛艦は総入れ替えだって聞いたけど、そっちは第三が融通してくれるらしいよ。第七の艦艇はメレアだけになっちゃうね」

ラリーは頭の後ろで手を組む。

「ついでに機動騎士も融通してくれないかな？　ネヴァンなら、騎士用じゃなくてもモーヘイブよりは強いからね」

ネヴァンを希望するラリーだったが、ダグの方は違う意見を持っているようだ。

「ネヴァンは騎士好みが過ぎるだろ。俺はもっと普通の量産機が好きだな。大事なのは頑丈で安定して使えることだ。細身の機動騎士は頼りなく感じるな」

「見た目よりも大事なのは中身だろ？　それに、ネヴァンは量産機として実績があるから十分じゃないか」

「だから、見た目重視のネヴァンより頼りになる機動騎士が欲しい、って話だろうが」

ダグとラリーが機動騎士について語り始めると、段々とお互いに熱くなってくる。

徐々に声量も大きくなり、お互いの意見を主張して譲るつもりがないらしい。

二人が話し込んでいるため、モリーはエマに話しかけてくる。

話題は勿論《もちろん》――。

「エマちゃんも良かったね。アタランテの開発が継続されれば、これからまだ乗れるよ」

「うん！」

嬉《うれ》しそうに頷《うなず》くエマは、開発計画が中止されずに喜んでいた。

知らせを聞いた時、嬉しさから涙が出た程だ。

どのような理由で上層部が計画の続行を決めたのかは知らない。

だが、エマにはどうでも良かった。

「あたしがアタランテを必ず完成させるんだ」

今のエマにとって、大事なのは目の前――アタランテを完成させるという一点だけだった。

◇

傭兵団《ようへい》フィートの戦艦内。

黒い宇宙服に身を包んだ傭兵団の面々を前に、サイレンが立っていた。

黒髪に赤い瞳――そんな彼女は、居並ぶ部下たちに視線を向ける。

「準備は良いかしら？」

尋ねると、部下たちは笑みを見せて頷き——そして、サイレンに言う。

「問題ありませんよ。それより、団長はいつまでその姿でいるつもりです？」

部下たちに言われて、サイレン——シレーナは妖艶な笑みを浮かべる。

右手で顔を隠すように触れると、指の間から覗《のぞ》いていた瞳が変色して濁った緑色となる。

髪の毛も根元から変色しはじめて、結果的に綺麗な白髪——白銀となった。

そこに立っていたのはサイレンと名乗っていたシレーナであり、率いている傭兵団の名前はフィートではない。

ダリア傭兵団だ。

本来の姿を取り戻したシレーナは、依頼内容を部下たちに再度言い聞かせる。

「今回の目的は目標である機動騎士の鹵獲《ろかく》か破壊。こっちは可能なら で良いけれど、パイロットは捕らえるか殺害したらボーナスが出るから覚えておきなさい。ただ、問題はこれから先、第七には来られなくなることね。もっとも、それを差し引いても今回の報酬は魅力的だわ。それから、クライアントからの追加依頼よ」

シレーナは部下たちに追加内容を伝える。

「クライアントは、第七兵器工場の破壊工作をお望みよ」

部下たちがヘルメットの下で笑っていた。

それは、依頼主を知っており、その事情が察せられたためだ。

「ライバルの足を引っ張りたいのか？」

「最近稼いでいるから、釘《くぎ》を刺しておきたいのよ」

「首都星の兵器工場はやり方が汚いわね」

部下たちの雑談をシレーナは手を上げて止めて、自身もヘルメットをかぶる。

「ダリア傭兵団の主力を投入するからには、成果を出さないとね。作戦が開始されたら、予定通り外にいる本隊も動くわ。撤退のタイミングには気を付けるのよ」

部下たちの顔が真剣なものに変わると、その中の一人が尋ねてくる。

「団長はどうするんです？」

「単独行動をさせてもらうわ。ちょっと個人的な目的もあるからね。——ついでに、パイロットを殺害してボーナスも獲得したいわね」

パイロットの殺害を果たせば、依頼主からボーナスという名の追加報酬が用意される。

ただ、それだけがパイロットを狙う理由ではない。

(依頼を出した男はリバーと名乗っていたけど、パイロットに個人的に恨みでもあるのかしらね？　どこにでもいそうな女の子にしか見えなかったけど)

シレーナはエマを思い浮かべるが、少しも脅威を感じなかった。

何も知らずに騎士をやっている女の子、という印象しかない。

経験不足で世間知らず——接触して確認してみたが、脅威になるとは思えなかった。

だが、シレーナにとっては無性に煩わしかった。

(本当に能天気な子。あの手のタイプは凄《すご》く嫌いなのよ。世界は綺麗で、騎士という存在

に憧れて正義感を振りかざす。——見ているだけで苛々《いらいら》したわ)

シレーナの中の闇が、何も知らず正義の騎士を目指すエマを許せなかった。

同時に、接触した時に柄にもなくアドバイスをしたことを思い出す。

近付くために耳障りのいい台詞《せりふ》を選んだだけだが、それが妙にシレーナの心をかき乱した。

一瞬だけ、シレーナは忌々しそうに眉根を寄せた。

(——あの程度の会話に惑わされるなんて)

何故《なぜ》か過去の自分とエマが重なって見えた気がした。

それがシレーナには許せなかった。

何も知らない小娘に現実を見せつけてやりたい、と自分の心が訴えている。

(何も知らない正義の騎士さんは、私自らなぶり殺してあげるわ)

ヘルメットの中、シレーナの濁った緑色の瞳が更に深く暗い色に染まっていた。

◇

メレアの様子を確認し終えた第三小隊の面々だが、今は車に乗り宿泊施設へと戻っている途中だった。

「メレアももうすぐ改修が終わりますし、荷物を運び込む準備をしないといけませんね」

エマが振った話題に乗るのは、意外にもダグだった。

「そうなると、酒やつまみを大量に買い込まないといけないな。ちょっとばかし忙しくなりそうだぜ」

急に仕入れの話をするダグに、モリーは呆《あき》れていた。

「ダグさん、また業者みたいにお酒や食べ物を買い込むつもり？」

モリーの話を聞いて、エマは驚く。

「そんなことをしているんですか!? 多少ならまだしも、大量に買い込んだら駄目ですからね！ ちゃんと艦内の酒保で購入してくださいよ」

宇宙戦艦という限られたスペース内に、個人の所有物を大量に持ち込むのは迷惑になる。

更に悪いのが、どれも嗜好品《しこう》という点だ。

だが、ダグは譲るつもりがないらしく、エマの痛いところを突く。

「そう言うお嬢ちゃんだって、プラモデルを三つも購入したらしいな？ 個室があるからって、荷物を増やすのは感心しないな」

「そ、それは――」

エマがモリーを見ると、あっけらかんとしていた。

「エマちゃんがプレミア物のプラモデルを買った話をしたよ。ダグさんったら、女の子がそれでいいのか、って少し心配していたよね」

話を振られたダグが、エマに心配顔を向けた。

「俺が言うのも変な話だが、もう少し他にも興味を持った方がいいと思うぜ」

「お、大きなお世話ですから！　大体、プラモデルが好きで何が悪いんですか!!」

エマが大きな声を出した瞬間だった。

小惑星ネイアのコロニー内で、大きな爆発が起きる。

エマたちから見て天井で起きた爆発に、運転していたラリーが慌てて車を停《と》める。

「何だ!?」

四人が慌てて周囲を見ると、コロニー内に警報が鳴り響く。

『居住区エリアにいる方は、すぐに所定の避難場所に向かってください。落ち着いて、慌てずに行動するよう心がけましょう。繰り返します――』

避難を誘導する印が、空中の至る所に投影されていた。

ダグは外に出ると、地面から伝わる震動に目をむく。

「事故か？　いや、この揺れは――まさか、兵器工場が襲撃されたのか？」

ただの事故ではないとダグが判断すると、エマの端末に通信が入った。

それは、バンフィールド家の関係者は直ちに艦艇に戻るように、という内容だ。

モリーも端末で確認するが、メレアは改修作業中である。

「戻れと言われてもさ。――これ、うちらはどうすればいいの？」

ラリーは車を走らせようとする。

「そんなの、味方の戦艦に乗せてもらえばいい。さっさと逃げないと、巻き添えで死ぬぞ」

　事故か襲撃か知らないが、目的が第七兵器工場ならば自分たちは関係ないというのがラリーの判断なのだろう。

　巻き込まれるのはごめんだ、と急いで逃げようとする。

　だが、エマは嫌な予感に襲われていた。

「っ！　ダグさん、車に乗って！　ラリーさん、このまま走って！」

「お、おう」

「急に何を──って!?」

　ダグが慌てて乗り込むと、ドアが閉まり切る前に何かに気付いたラリーが車を走らせる。

　車は地面を走っていたが、僅かに浮き上がるとタイヤが収納されて空を飛んだ。

　空陸両用の車である。

　ダグとモリーが後ろを見ると、脚のない丸い小型の機動騎士がこちらに迫って来ていた。

「どこの馬鹿がコロニー内で機動騎士を持ち出したんだ！　モリー、あの機体はどこのだ？」

「うちが知るわけがないでしょ！　量産型の小型機を改造したようなタイプに見えるけどさ。──ん？　待って、あいつらエマちゃんを襲った機体じゃないの!?」

　二人の会話を聞いていたラリーが、気付くのが遅いと呆れていた。

「今気付いたのかよ!?」

追いかけてくる機動騎士に対して、ラリーは相手より小型であることを利用して小回りを活《い》かして逃げ切ろうとする。

その判断と腕前により、機動騎士は思うように距離を詰められないでいた。

エマはそんなラリーを見ながら思う。

(ラリーさん、やっぱり優秀なパイロットなんだ。っと、今はそれどころじゃない。あの敵がアタランテを攻撃してきた連中なら――)

エマは彼らの目的を考える。

テスト中にアタランテを攻撃してきた連中であれば、狙うとすれば一つだろう。

(――アタランテを狙っている？　だったら、すぐに回収しないと！)

助手席に座っているエマは、ラリーに目的地を指示する。

「ラリーさん、目的地を変更します。このまま、アタランテがある施設まで飛んでください」

言われたラリーの方は、エマの命令に困惑していた。

「は!?　何で!?　そもそも、完成していない機動騎士なんて放っておけばいいだろ！」

こんな状況でアタランテの心配をしている場合か！　と言いたそうだが、エマには襲撃を仕掛けてきた相手が気になっていた。

「お願いします！」

「くそっ！　何でこんな時に！」

ラリーが嫌がりつつも目的地を変更する。

だが、追いかけてくる機動騎士が、我慢できなくなったのか遮蔽物を無視してサブマシンガンを構えて引き金を引く。

撃ち抜かれ、破壊されていく周囲の建物。

弾丸がエマたちの乗る車の横を通り過ぎ、車内が激しく揺れた。

エマはラリーを急《せ》かす。

「早く！」

「やっているだろ！」

そのまま、ラリーは小回りを活かして建物の間を縫うように車を飛ばし、敵機から逃げ切るのだった。

◇

車をわざと逃がしたシレーナは、機動騎士のコックピットハッチを開けた。

コックピットには部下も乗っており、シレーナに声をかけてくる。

「ここでいいんですか？」

飛び降りる準備をするシレーナは、背伸びをしていた。

「大丈夫よ。後は、あの子たちが目標まで案内してくれるわ。じゃあ、後はよろしく頼むわね」

「了解です」

シレーナはそのまま機動騎士から飛び降りた。

浮かんでいる機動騎士から、ビルの屋上へ——三十メートル以上もの高さを飛び降り、着地を果たす。

コックピットハッチが閉じると、乗っていた機動騎士——バックラーは離れていく。

パイロットスーツ兼、パワードスーツのステルスモードを起動すると、シレーナの姿が周囲に溶け込むように消える。

「それじゃあ、道案内をよろしくね」

シレーナはそのまま駆け出すと、エマたちが乗る車を追いかける。

ビルの屋上から屋上へと跳び移り、時には地上に降りて道路を駆け抜けた。

シレーナの走る速度は、道路を走る一般車を簡単に置き去りにする程だった。

そして、エマたちの乗った車が、大きなハッチへ入り込むのが見えた。

「あそこか」

ハッチが閉じきる前に、シレーナは一人で飛び込み侵入に成功する。

「——これで追加報酬は期待できそうね」

ヘルメットの中で、シレーナが妖しい笑みを浮かべていた。

「襲撃者はどこから来た？」

バンフィールド家の戦艦。

艦橋で指揮を執るクラウスは、何が起きているのか詳細を求めていた。

オペレーターに確認を取るが、詳しい情報は入ってこない。

「不明です！　第七兵器工場の防衛部隊も混乱しています。ただ、侵入されたのは事実のようです」

第七兵器工場の防衛部隊も詳細を得ていなかった。

わかっているのは、内部に侵入を許したという事実だけである。

クラウスは顎《あご》に手を当て、冷静に思案する。

（半官半民とは言え、帝国が保有する兵器工場に手を出すのはリスクが大きい。帝国そのものを敵に回すのと同義だからな。宇宙海賊でもそんな馬鹿な真似《まね》はしないと思いたいものだが――もしも、馬鹿な真似だと理解しつつ襲撃してきた連中ならば、厄介なことになる）

小惑星ネイアを防衛するのは、万を超える艦隊だ。

帝国の軍事力を支えている兵器工場に喧嘩《けんか》を売れば、タダでは済まない。

それは、星間国家――アルグランド帝国を敵に回す行為である。

大規模な艦隊を保有する宇宙海賊たちですら、兵器工場への攻撃は避けるのが普通だ。

「――内部で戦闘が行われているのは事実だな？」

「はい。それは確認済みです」

クラウスは頷《うなず》くと、次々に確認する。

「防衛部隊はどうなっている？」

「動いてはいるみたいですが、内部での戦闘とあって苦戦しているようです。彼らにとっては、本拠地ですからね」

第七兵器工場を守る部隊は存在するが、日頃から訓練はしていても実戦経験が足りていなかった。

練度は高く、装備の質もいい。しかし、経験不足により効果的な対処をしていない。

加えて、小惑星内部は彼らにとっても生活場所である。

可能な限り破壊はしたくないため、不利な戦いを強いられていた。

(普通ならば、攻められる可能性が低い場所だからな。だが、襲撃を受けたばかりで、これほど警戒が弱いものなのか？)

防衛部隊の兵士たちも気が緩んでいたのだろうが、それでも内部に入り込まれたのがクラウスには信じられなかった。

アタランテがテスト中に襲撃を受けた件もあり、むしろ警戒を強めていたはずである。

「私の指揮下の陸戦部隊をコロニー内に投入する。騎士も半数を投入していい。残り半数は、機動騎士の出撃準備を急がせてくれ」

クラウスが命令を下すと、オペレーターが驚いていた。

「我々が干渉しても大丈夫でしょうか？」

幾ら救助のためとは言え、第七兵器工場からすれば武装した兵士を送り込まれるようなものだ。

感じは良くないだろうし、現場が混乱してしまう。

それを理解しつつ、クラウスは戦力の投入を決定する。

「いい気分はしないだろうな。第七には陸戦隊を派遣すると知らせておけ。それから、全ての責任は私が取る」

お飾りとは言え、艦隊の騎士長となっているクラウスには相応の権限が与えられている。

だが、やはり中佐では動かせる戦力には限りがある。

そのため、指揮下の部隊のみをコロニー内へ投入することを決めた。

他の部隊を説得している時間が惜しいと判断した結果である。

「は、はい！」

そしてクラウスは、指揮下の中で最強の人物の所在を確認する。

「それからチェンシーを呼び出せ」

◇

アタランテの改修が進められる施設に、エマたちが駆け込んでくる。

作業中であったニアスが、そんなエマたちの登場に煩わしそうに顔を歪《ゆが》めた。

「もっと静かにしてくれないかしら？」

ニアスだが、警報が鳴り響いている中でもアタランテの改修作業を行っていた。

その姿に、ダグは頬を引きつらせている。

「どこの世界にも、ぶっ飛んだ奴《やつ》がいるもんだな。この状況で仕事を優先するなんて普通はあり得ないぞ」

だが、そのおかげでアタランテの改修は見た目上は終わっていた。

モリーがガラスの向こうにあるアタランテを指した。

「見て、もうほとんど終わっているみたいだよ！　これなら、何とかなるかも」

改修されたアタランテだが、第三兵器工場で関節部分を強化される前の姿に戻っていた。

大きな変化は見られないし、むしろ改修前に戻っている。

アタランテの周囲にはパーシーやマグの姿も見えるが、他のスタッフを含めて全員が作業の手を止めていない。

エマはニアスに詰め寄ると、焦りながらも状況を説明する。

「敵が内部にまで入り込んでいます！　だから、すぐに避難してください」

逃げるように促すエマだったが、ニアスの方はため息を吐《つ》いていた。

ニアスはエマに視線を合わせない。

エマの肩——後方を見ながら面倒そうにしていた。

「随分勝手なことを言うのね。そっちの指示に従う理由はないわ。それに、敵を連れてきたのはあなたたちじゃない」

「——え？」

ニアスが視線を向けた先——エマが振り返ると、僅かに風景が歪んで見えた。

ステルスモードを切ったのか、段々と姿が鮮明になってくる。

そこにはパイロットスーツ姿の女性が立っているではないか。

エマはもちろんだが、ダグも、ラリーも、そしてモリーも驚いて慌てて飛び退《の》いた。

今の今まで、つけられているなどとは気付かなかった。

女性はニアスの方を見て僅かに驚き、感心した声を出す。

「天才様は度胸も持ち合わせているみたいね。そっちの子とは大違いだわ」

急に現れた女性に、エマは冷や汗をかきながらも武器を手に取り構えた。

右手に拳銃を構え、左手にはレーザーブレードの柄《つか》を握ると前に出て皆を庇《かば》う。

「全員下がって！」

前に飛び出してきたエマを見た女性は、スモークの入ったバイザーの向こうで苦々しい表情をしたように見えた。

実際、エマに向ける声色は怒りを含んでいる。

「実力もないのに、騎士として振る舞う――いいわ、遊んであげる」

武器を持たずに近付いてきた女性に、エマは発砲する。

拳銃は光学兵器――レーザー銃であり、光が放たれたが女性は銃口から着弾箇所を読み取って避けていた。

後ろでニアスが興味なさそうに「装置が壊れるから余所《よそ》でやってほしい」などと言っているが、構っている暇はない。

エマがブレードの刃を出して斬りかかるが、女性はエマの腕を摑《つか》むとひねり上げる。

「っ!?」

「弱いわね。この程度で騎士を名乗れるのだから、バンフィールド家もたいしたことがないわ。急造の騎士団なんて、しょせんはこの程度ね」

そのまま女性はエマの腹に膝を入れると、すぐさま拳を三発叩《たた》き込んで吹き飛ばす。

一瞬の出来事に、モリーたちは立ち尽くしていた。

転んだエマが立ち上がろうとすると、女性に髪の毛を摑まれて持ち上げられた。

「こ、この！」

まだ抵抗するエマだったが、スモークで表情が見えないはずなのに女性が何故《なぜ》か苦しんでいるような気がした。

「――お前はここで死ね」

冷たく言い放たれた言葉に、エマはゾッとした。

女性の左手が手刀を作ると、そのままエマの顔に迫ってきて――。

「あはっ！　み～つけた」

――振り下ろされる前に、ドアを斬り刻んで別の女性が現れた。

騎士服を民族衣装のように改造したその姿は、エマにも見覚えがある。

鮮血鬼――彼女は両手にかぎ爪のような武器を装備しているのだが、すでに血の跡がある。

ここに来るまで戦闘してきたのか、顔には返り血の跡があった。

血を浴び、楽しそうに笑っているその姿は――まさに鮮血鬼と呼ばれるに相応《ふさわ》しかった。

女性は一瞬動きを止めたかと思うと、すぐさまエマを突き飛ばして武器を手に取る。

突き飛ばされたエマが見たのは、次の瞬間には互いに踏み込んで距離を詰めて斬り合っている二人の姿だ。

女性は、突如現れた侵入者について知っていたらしい。

「まさか、味方殺しの鮮血鬼が、バンフィールド家に雇われていたなんてね。来る者拒まずにしても、厄介な奴を招き入れたものね！」

鮮血鬼――チェンシーはケタケタと笑いながら、首をかしげる。

その動きは不気味で、周囲に恐怖を振りまいていた。

実際、ダグやラリーは動けずにいるし、モリーに至っては戦場であるのに床に座り込んで顔から血の気が引いていた。

チェンシーは、相手に興味が出てきたらしい。

斬り刻む前に、会話を楽しみたくなったようだ。

「私を知っているのね。それにしてもいい動きよ。——少しは楽しめそうだわ」

「——この変態が」

女性が手に持っていたのは、一般的な両刃の剣。

戦う姿を見たエマには、意外にも正統派の騎士という印象を与えてくる。

それもかなりの実力者だ。

実際にチェンシーと凄《すご》い速度で斬り合っている。

その動きは見えていたが、エマには到底追いつけない領域だった。

(凄い。こんなの、手助けにすら入れない)

チェンシーが変則的に斬りかかるが、女性は練り上げられた剣術で捌《さば》いていく。

だが、チェンシーは慌てず——むしろ楽しそうに舌舐《したな》めずりをした。

「お前——いい。本当に最高よ。部下たちがお前を頼りにするだけはあるわね」

チェンシーの言葉に、女性が後ろに飛び退いて距離を作り、そして剣を構える。

だが、その息は僅かに乱れていた。

「——部下たちをどうした？」

チェンシーは、かぎ爪の付いた手をひらひらさせる。

鳥や蝶《ちょう》が羽を羽ばたかせるような仕草で、エマから見ても隙だらけだ。

まるで女性に斬りかかって来いと誘っているようだった。

そのまま、女性を挑発する。

「斬り刻んだら、色々と教えてくれたわよ。それなりに歯応えのある連中もいたから、楽しめたわ。一番強かったのは可愛《かわい》い槍《やり》使いちゃんかしらね？　最期まであなたのことを信じて戦っていたわ。涙ぐましい最期だったわよ」

それを聞いた瞬間、女性は何かを投げる。

そこからスモークが発せられ、強い光と音もオマケされた。

逃げに徹する女性。

しかし、チェンシーがかぎ爪を振るうと——女性の血が舞った。

モリーが咳《せ》き込む。

「今の何？　何が起きたのよ!?」

ラリーは耳を塞いでいた。

「み、耳が痛い」

ダグの方は拳銃を構えて周囲を警戒していたが、エマは既に敵が逃げ去った後であるのを知っていた。

立ち上がってチェンシーに近付く。

「た、助けていただきありがとうございました」

だが、チェンシーはかぎ爪を見ながら、小さくため息を吐いていた。

血の付き方で、相手に深手を与えられなかったと察しているようだ。

そして、強敵を取り逃がしたことを残念がっている。

「――取り逃がしちゃったわ、残念」

「え、あの?」

エマがオロオロとしていると、チェンシーは興味もないのか部屋を出て行こうとするが、急に立ち止まって耳に手を当てた。

誰かと通信をしているようだ。

「ええ、逃がしてしまったわ。ごめんなさいね、クラウス」

どうやら、上官であるクラウスの指示で動いていたらしい。

(この人でも騎士長の命令には従うんだ)

チェンシーはクラウスの命令を聞きながら、エマたちに視線を向けた。

「――無事よ。言われた通りに助けたわ」

どうやら、チェンシーがこの場にいるのは、クラウスの命令でエマたちを助けに来たからしい。

「それで次は?――わかった。このまま内部の敵を殺せばいいのね。ええ、任せて」

通信を終えたチェンシーは、振り返ることもなく部屋を出て行く。

その際、口角が上がっているのがエマには見えた。

チェンシーは声を弾ませる。

「ふふっ、残った奴らを斬り刻んで遊びましょう」

本当に楽しそうに──まるで遊びに出かける子供のような雰囲気を漂わせるため、恰好《かっこう》とのギャップが酷《ひど》かった。

チェンシーが部屋を出るまで、誰も声をかけられずにいた。

そんな中、一人がのんきな声を出す。

「──あ～あ、部屋がボロボロじゃない。これは、修理費を請求しないと駄目ね」

ニアスだけが、チェンシーを気にせず口を開いていた。

◇

「あんな化け物が派遣されているとは思わなかったわ」

ヘルメットを脱ぎ捨て、脇腹を手で押さえるシレーナは注射器を負傷した場所の近くに刺す。

痛みを和らげ、傷を癒す薬である。

傷が塞がっていくが、思っていたよりも深く斬られたため痛みが残った。

苦しさから顔を歪めていたが、チェンシーに斬り刻まれた部下たちを思い浮かべる。

自然と怒りから奥歯を噛《か》みしめた。

気持ちを切り替えると、シレーナは端末を操作する。

「――状況は？」

通信を行うと、部下たちから次々に報告が上がってきた。

『団長、バンフィールド家の陸戦隊が出てきました。これ以上、作戦の継続は不可能です』

『団長、あのチェンシーがいます。あの女、今はバンフィールド家に雇われているので気を付けてください！』

『あの女、絶対に殺してやる！　よくもマルコを！』

部下たちの報告を聞きながら、シレーナは作戦がうまくいっていないのを悟る。

そして、一部がチェンシーの襲撃を受けて、散々な目に遭わされたのを実感させられた。

「もう遭遇して手傷を負わされたわ。それはそうと、逃げるためにも機動騎士を奪いたいの。近くに奪える機体があるか調べてくれる？」

味方からデータが送られてくると、近くで重要機体を輸送する動きがあった。

調査を行った部下が、詳細を報告してくる。

『特注の機体を運びだそうとしています。団長がいる場所から一番近いのはこいつらですね。起動していますから、奪えればそのまま動かせますよ』

シレーナは壁にもたれかかりながら、辛《つら》そうに微笑を浮かべた。

「よりにもよってこの機体とはね。――趣味じゃないけど、仕方ないわね」

◇

その頃、ラクーンを保管している格納庫では、第七兵器工場に所属するパイロットが、金色に塗装された【ゴールド・ラクーン】のハッチを開いて乗り込もうとしていた。

「この忙しい時に、高級機を運び出せとか嫌になるぜ」

特注品であるために、万が一にでも破壊されてはならないと運び出すように命令を受けた。

パイロットは文句を言いながらも運び出すために、コックピットに入ろうとしている。

ただ、ゴールド・ラクーンは特注品――特別な機体であるために、起動させるのも手間がかかる。

必要な手順が多いため、他の機体よりも起動に時間がかかっていた。

そもそも、ハッチを開くのも一苦労だ。

「よし、外部から強制的に起動させて、後は製造者パスでハッチを開けば――」

面倒な手順で機体を起動させることに成功すると、急に声をかけられる。

「ご苦労様」

「へ？」

振り返ったパイロットだったが、気付いた時には投げ飛ばされ、床に落下してしまう。

幸いにしてパイロットスーツを着用していたために、怪我《けが》もせずに済んだ。

立ち上がり抗議してくる。

「おい、何をするんだ！」

状況を摑《つか》めず焦りながら文句を言ってくるパイロットを無視して、シレーナは操縦席に座ると機体を操作する。

ハッチを閉じ、機体が正常に動いていることを確認すると微笑を浮かべる。

「意外と悪くないわね。外見以外は好みだわ。さてと、私はこのまま任務を続行しましょうか」

せめてアタランテの破壊を。

そして、気に入らないエマの殺害は達成するつもりだった。

◇

『ロッドマン中尉、アタランテをすぐに避難させなさい』

「騎士長？」

その頃、エマはクラウスから通信で命令を受けていた。

『陸戦隊が捕らえた敵から情報が得られた。奴《やつ》らの狙いは、アタランテの破壊だ』

「――やっぱり」

エマは自分の予想は当たっていたが、結局はチェンシーを派遣したクラウスに守られただけなので複雑な気分だった。

『第七から機動騎士を奪取されたという情報があった。万が一ということもある。君の部下たちも避難させるんだ』

アタランテを持ち出せと言うクラウスに対して、パーシーが猛烈に反対する。

「素人が口を出さないで！　運び出せるなら苦労しないのよ」

怒鳴りつけられたクラウスだが、怒ることなく冷静に対処する。

『機体は完成していると聞いていたが？』

その言葉に、これだから素人は、という顔でパーシーが説明する。

「これだけいじくり回して改造した機体が、前と同じソフトで動くわけがないでしょ！　ハードじゃなくて、問題はソフトなのよ、ソフト！」

機体は完成していても、動かすためのソフトが未完成では意味がない。

このままでは満足に動かせないからだ。

『乗る必要はない。運び出して港に届けてくれれば――』

「ここからじゃ遠いのよ！　それに、敵が迫っているなら、通路が使えないわ」

エマの端末で言い争いを始めるパーシーだったが、ニアスが白衣のポケットに手を突っ込みながら近付いてくる。

「ここには外に出るハッチがあるわ。外で受け取れるなら、その子を乗せて放り出せばいいだけよ」

ニアスの提案を聞いて、クラウスは少しだけ考え込んだ後に結論を出す。

『承知した。回収する部隊を派遣しておく。――ロッドマン中尉、難しいとは思うがアタランテを無事に届けてほしい』

「はい！」

敬礼するエマは、すぐにアタランテに乗り込むため準備を開始する。

通信を切ると、すぐに着替えるためロッカーへと向かおうとして――そこで、ニアスに呼び止められた。

「待ちなさい」

「はい？」

振り返ったエマに、ニアスは気怠《けだる》そうな態度で問い掛けてくる。

「あなた、初めて機動騎士の操縦を覚えたのはどこ？」

この状況で聞くような質問だろうか？

エマは首をかしげるが、とりあえず答えることにした。

「えっと、古いゲームセンターに入荷した機動騎士のシミュレーターで遊んで覚えました」

「それ、アシスト機能はなかったでしょ？」

言われてエマは昔を思い出しながら答える。

「子供の頃の話なので覚えていませんが、操縦が難しかったのは覚えています」

懐かしい話だと思う。

近所にあった随分と古くて寂れたゲームセンターに、誰かがシミュレーターを持ち込んだらしい。

その男は金に困っている様子だったらしいが、店主が買ったことを後悔していたのをエマは思い出す。

よく「あのインチキ野郎」と言って、刀を下げた男の文句を言っていた。

そのシミュレーターだが、歩かせるだけでも非常に難しかった。

子供たちがゲーム機感覚で遊ぶには、難易度が高すぎた。

最初は珍しくて子供たちも乗り込むが、すぐに楽しくないと言って皆が興味を失っていた。

本物のシミュレーターをゲーム感覚で遊べる！　という話題性を期待していた店主だが、目論見《もくろみ》が外れてガッカリしていたのを思い出す。

だが、そんなシミュレーターで遊ぶ子供が一人だけいた。

――エマだ。

騎士に憧れていたエマだけが、機動騎士の操縦を味わえると乗り続けていた。

来る日も来る日も乗り続け、少しずつ動かせるようになっていった。

はじめの内はろくに動かせなかった。

まともに動かせるようになるまで、数ヶ月の時間を要していた。

そこから更に、歩き、走り、ジャンプして――まともに動かせるようになる頃には、機動騎士の操縦に魅力を感じていた。

今でこそ、よく続けられたものだとエマも思っている。

当時のエマにとっては、訓練というよりも遊びの一環だった。

諦めず、何度も挑み続けたシミュレーターは、エマにとっていい思い出だ。

そんなエマの話を聞いたニアスだが、興味のない表情に変化が起きる。

僅かに微笑《ほほえ》み、エマを興味深そうに見つめてくる。

「え、あの？」

それはエマが戸惑ってしまうほどであったが、ニアスは気にした様子がない。

「あなたも実に興味深いわね。――さて、時間もないから行っていいわよ」

「は、はい？」

走り去るエマの姿を見ていたニアスは、俯《うつむ》くと思い出し笑いをしていた。

実に愉快そうだ。

「システムは流用しても問題なさそうね」

第九話▼ゴールド・ラクーン

傭兵団《ようへいだん》ダリアの戦艦内。

格納庫に持ち込まれたゴールド・ラクーンのコックピットには、幾つものケーブルが外から繋《つな》がれていた。

パイロットスーツを着替えたシレーナが、格納庫へと戻ってくる。

「出撃まで何分？」

無重力状態の格納庫を飛ぶようにやって来るシレーナを整備士が、受け止めてから答える。

「いつでも出られますよ」

「ありがとう」

ケーブルを引き抜いたコックピットに入ったシレーナに対して、整備士が不安そうにしていた。

「本当に続けるつもりですか？」

シレーナは機体の調整を行いながら返事をする。

「殺された部下たちの仇《かたき》――なんて言わないけどね。下がる前に一暴れしておかないと、今後の仕事に響いてしまうわ」

仇討ちで挑むのではない。

全ては仕事のためだ。

しかし、殺された部下の分をやり返すくらいはいいだろう、というのがシレーナの考えだ。

それに——今回の依頼で、何の成果も得られなかったとなれば、シレーナやダリア傭兵団の評価が落ちてしまう。

傭兵にとって評価は価値に繋がり、今後の仕事に大きな影響を与えるのは事実だ。

「試運転を兼ねて暴れてくるわ」

シレーナの言葉に、整備士が呆《あき》れている。

「見た目はともかく、確かに凄《すご》い機動騎士ですからね。量産機のカスタムにしては、金がかかりすぎているように思いますけど」

「いったい誰が乗る予定だったのかしらね？」

シレーナがハッチを閉じると、整備士たちがゴールド・ラクーンから離れていく。

出撃準備が整うと、カタパルトで射出された。

「今度こそ殺してあげる」

シレーナは、自分で思っているよりもエマという騎士が気になっていた。

任務に私情を挟んではいない、と言い聞かせている自分に気付いていなかった。

◇

アタランテのコックピット。

第七のパイロットスーツに着替えたエマは、シートに座って操縦桿《かん》を握りしめる。

パーシーがオペレーターとなって、エマに現在の状況を説明してくれる。

『機体はともかく、ソフト面は急造品よ。まともに動くとは思わない方がいいわ』

「了解です」

『中尉は味方と合流することだけ考えなさい。敵と遭遇しても逃げるのよ。――いいわね？』

念を押してくるパーシーは、以前のテストでエマがオーバーロード状態へ移行したことを思い出しているのだろう。

エマは気を引き締めながら返事をする。

「はい」

（今度は絶対に間違えたりしない！）

エマの様子を見て安心したのか、パーシーが微笑む。

『気を付けてね。――アタランテのロックを解除して』

パーシーがそう言うと、ハンガー内のアームに固定されていたアタランテが解放される。

動けるようになったのを確認すると、エマがアタランテを歩かせる。

その動きはぎこちなかった。

「大丈夫。味方に合流すればいいだけだから」

自分に言い聞かせながら外――宇宙へと出るハッチまで向かった。

ハッチが開いたので外へと出ると、そこに待っていたのは第七の防衛部隊だ。

アタランテを逃がすために、護衛をしてくれるらしい。

『中尉、第七の防衛部隊がエスコートしてくれるわ。そのまま味方と合流しなさい』

これなら無事にバンフィールド家の艦隊と合流できると思っていると、コックピット内に警報が鳴った。

「敵!? 直上!?」

顔を上げると、そこから迫る小型の機動騎士たち。

手に持った火器で攻撃を仕掛けてきており、実弾やビームなどが降り注いでくる。

加えて、艦艇の姿も見えた。

攻撃を受けた第七の防衛部隊の駆逐艦が、ビームに貫かれて爆発した。

アタランテが衝撃に吹き飛ばされるが、姿勢制御がおぼつかない。

操縦桿を動かし、フットペダルを踏んで何とかするも、アタランテは宇宙でもがいていた。

「味方が来るまでは何としても耐えてみせるんだから！」

逃げ回ろうとすると、小型の機動騎士たちがアタランテを目指して飛んでくる。

第七の防衛部隊を無視して突撃してくる姿を見れば、アタランテが狙われているのは間違いない。

バックパックのツインブースターを使用すると、コックピット内に重力が発生する。

アタランテが逃げ出すと、小型機たちは追いかけてきた。

ただ、制御ができていないアタランテは、宇宙をジグザグに飛んでいるだけだ。

まともには逃げ切れないと思っていたが、不規則な動きに敵機も困惑しているらしい。

そのままエマが逃げ回っていると――。

『はっ！　雑魚共が！』

――バンフィールド家の機動騎士たちが、救援に駆けつけてくれた。

量産型の機動騎士たちは、アタランテを守るために行動する。

その上、率いているのはエマと顔見知りの大尉だった。

聞き覚えのある声に、エマは破顔する。

「大尉さん！」

『エマちゃん元気？　ちょっと待っていなよ。すぐに終わらせるからさ』

ウインクをする余裕のあるジャネットが率いているのは、三機編制の四小隊。

十二機の機動騎士たちが、小型機たちに襲いかかる。

『傭兵共がバンフィールド家を舐《な》めんじゃねーよ！』

ジャネットの乗る機体が、敵機に襲いかかると実体剣を突き立てていた。

コックピットを容易に貫いて破壊してしまう。

その動きに、エマは見惚《みと》れていた。

（凄い。これがAランク騎士の実力なんだ）

ジャネットは間違いなくエースであり、率いられた部隊も手練《てだ》れが揃《そろ》っていた。

小型の機動騎士たちを次々に破壊していく。

敵機は小型機としては優秀だが、パワーでは量産機に劣るらしい。

次々に味方機が破壊される姿を目の当《ま》たりにして、残りの敵機は一目散に撤退していく。

その様子を見たエマは、安堵《あんど》してため息を吐《つ》いた。

「助かりました」

『戦場で気を抜いたら死ぬよ。母艦にたどり着くまで、集中力を切らさないように』

「は、はい！」

十二機の機動騎士に護衛されるエマは、後は味方艦が来れば終わると考えていた。

頼もしい味方に囲まれていることもあり、幾分か気が楽になる。

母艦が来るまで周囲を警戒しようとすると、アタランテのセンサーが敵を感知する。

「敵!?　大尉さん、また敵が接近してきます！」

ジャネットの方はエマの勘違いではないかと思ったらしい。

『こっちのレーダーには反応なんて――』

直後、ジャネットの機体も敵機の接近に気付いたようだ。

量産機たちが武器を構えると、真下に体を向ける。

『真下から来るぞ！——なっ!?』

だが、そこに敵機の姿はない。

驚いたのはエマの方だ。

「違います！　敵は——」

量産機の一機が、背後から貫かれて爆発した。

味方がそちらに視線を向けると、そこにいたのは金色に塗装されたラクーンだった。

第七から奪取されたという知らせがあり、既に敵機として登録されている。

ジャネットからは余裕が消えて、眉間に皺《しわ》が寄っている。

『どこから出やがった！』

ジャネットの機動騎士がライフルを構えて攻撃すると、発射された実弾がゴールド・ラクーンをすり抜ける。

『嘘《うそ》だろ!?』

他の味方機も攻撃を加えるが、光学兵器もすり抜けていた。

そこに、パーシーから通信が入る。

『そいつはセンサーを惑わせる機能があるわ。死にたくなかったら動き回って！』

それを聞いて、ジャネットがすぐに部下たちに命令する。

『全機散開！』

ジャネットの機動騎士がアタランテを摑《つか》み、この場から離れる。
すると、次々に味方の悲鳴が聞こえてくる。
『た、助け――』
『姿を見せやがれ！』
『どこにいやがる、狸《たぬき》野郎が！』
コックピットの中で、エマは味方の悲鳴を聞きながら爆発する光を見ていた。
味方が次々に消えていく光景を前に、震えが止まらない。
「こんなのどうすれば」
対処法はあるだろうが、この状況ではどうにもならなかった。
そうして、十一機目が破壊されると、残ったのはエマとジャネットだけになる。
ジャネットは、アタランテを味方が来る方角へ投げ飛ばすと、武器を構える。
『エマちゃんは、そのまま味方に拾ってもらいな』
「大尉さん？　待ってください！」
アタランテが腕を伸ばすが、ジャネットの方は背を向ける。
『部下たちの仇くらい取ってあげないとね』
エマを逃がすために、ジャネットが囮《おとり》となって敵と戦おうとしている。
そんなエマたちの会話を盗み聞きしていたのか、ゴールド・ラクーンが姿を現した。
通信回線を開いてくる。

『あなたはターゲットではないから、見逃してあげてもいいのよ』

どこかで聞いたことがある声だと思っていた。

そして、エマの中であの日の光景――声と結びつく。

「まさか、あの時の！」

思い浮かんだのは、自分を励ましてくれたサイレンだった。

サイレンは小馬鹿にしたように笑っている。

『ようやく気付いたの？　本当に鈍い子ね。そんな鈍いお嬢ちゃんだから、正義の騎士なんて世迷《よま》い言《ごと》をのたまうのかしらね？』

「どうしてあなたが？」

『最初から調査のために近付いたのよ。そうとも知らずにベラベラと夢を語ってくれたわね。吹き出すのを堪《こら》えるのに必死だったわ』

嘲笑してくるサイレンに、エマは怒りで体が震えていた。

あの時、本当は自分を笑っていたのだと――恥ずかしさと悔しさが込み上げて来た。

（こんな人をあたしは立派な女性だと思っていたなんて）

大人の女性として尊敬の念を抱いていた自分が滑稽に思えてくる。

奥歯を噛《か》みしめていると、ジャネットがゴールド・ラクーンに襲いかかった。

それをサイレンは簡単に避けると、ジャネットを軽くあしらいはじめる。

Aランク騎士として操縦技術も優れているはずのジャネットが、サイレンを相手にしては手も足も出ていなかった。

その光景に、エマは驚きを隠しきれずにいた。

（大尉さんが遊ばれている!?）

二人の会話が聞こえてくる。

『お前の相手は私だよ！』

『逃げればいいのに、どうして向かってくるのかしら？』

『私も騎士だからね！』

答えているようで答えていない返事だが、サイレンには十分だったらしい。

『理解できないわ。部下の仇討ちは納得できるのよ。だけど、騎士だから勝てない戦いに挑むの？　自分の命は大事にしないと駄目よ』

『抜かせ！』

ジャネットの量産機がライフルを捨てて、レーザーブレードで斬りかかる。

それをゴールド・ラクーンは、蹴り飛ばし、武器を持っていた腕を破壊した。

それを見て、エマは最悪の展開を予想した。

「もうあたしを置いて逃げてください！　このままじゃ大尉さんが！」

このままではジャネットが殺されてしまうと思い、逃げてほしいと叫んだ。

だが、ジャネットはエマの申し出を拒否する。

『ここで仲間を見捨てるような女に見えるのかい？　これでも大将の下でエースやってん

だよ！』

強がるジャネットだったが、サイレンは攻撃の手を緩めなかった。

武器を失ったジャネットの機動騎士を蹴り飛ばし、回り込む。

『この程度で粋がっていたの？』

そのまま、脚部に次の一撃を叩《たた》き込まれた。

持っていた大斧《おおおの》で手足を切断していく。

なぶり殺しにされていくジャネットの姿を、エマは見ていることしかできない。

「大尉さん!!」

コックピット内のジャネットは、勝てないと悟ったのだろう。

最後にエマに言う。

『しくじったな。――エマちゃん、悪いけど大将に謝ってくれる？　長い付き合いになれなくてごめん、ってさ』

直後、ジャネットが乗り込むコックピットにゴールド・ラクーンが左腕を叩き込んだ。

コックピットの映像が途切れてしまう。

「ジェネット大尉!!」

エマが叫ぶも、返事はなかった。

代わりに答えるのは、一緒にお茶をした時と違って冷たい声を発するサイレンだ。

『騎士だから？　本当に馬鹿な奴《やつ》らよね。貴族たちの手駒に過ぎないのに、やれ誇りだ、

意地だとムキになる。その貴族たちが、どれだけ屑《くず》かも知らない癖に。――本当に理解できない馬鹿共だわ』

ジャネットの機体を蹴り飛ばしたサイレンは、アタランテに持っていたライフルを向けてくる。

『あなたもそう思うわよね？』

同意を求めてくるサイレンの声は低く、返答次第では即座に殺しに来ると予想できた。

『騎士なんて言っても、ただの駒の一つ。お貴族様たちにとっては、使い捨ての命。あなたもそう思うわよね？』

問い掛けてくるサイレンの声には、感情が乏しかった。

エマはサイレンが恐ろしかったが、それでも――。

「ち、違う」

『――』

「少なくとも、あたしの領主様は違う。民を守るために、命がけで戦える凄《すご》い人だから――あたしが目指す強い人だから！　あの人は、あなたが言うような人じゃない！」

サイレンの同意を拒絶したエマは、震えながらも操縦桿《かん》を握りしめる。

サイレンは酷《ひど》く冷たい声で告げてくる。

『――なら、誇りのために惨めに死になさい』

サイレンがライフルの引き金を引こうとした瞬間だった。

『エマ・ロッドマン中尉、準備が完了したわ』

モニターの一部にニアスの顔が表示されると、アタランテの様子がおかしくなる。

次々にモニターに小窓が出現し、そこにアップデートを開始したという情報が出てくる。

「ニアス少佐!?」

驚いたエマがペダルを踏み込むと、アタランテが錐揉《きりも》みしながら飛んでいく。

そのおかげで弾を避けるが、敵機は追いかけてくる。

戦闘中だというのに、ニアスは我関せずと話を続けてくる。

『悪いけど時間がないから、そのままソフトの調整をするわ』

「は？　え？」

ニアスの発言を呑《の》み込めずにいると、話を聞いていたパーシーは混乱していた。

『戦闘中にシステムを書き換えるですって!?　あなた、何を考えているのよ!!』

普通ならばあり得ない行為だ。

だが、ニアスは動じていなかった。

『中尉用に書き換えるだけよ』

『あり得ないわ。絶対にあり得ないんだから！　今は戦闘中よ。馬鹿な真似《まね》は止《や》めなさい！』

『少なくとも、あなたより私の方が優れているから馬鹿じゃないわよ。――そういうわけで、やれるかしら、中尉？』

ニアスがモニター越しに真《ま》っ直《す》ぐ見つめてくる。

それに対して、エマは頷《うなず》く。

「やります。やらせてください！」

『いい返事よ』

モニターが消える瞬間だが、ニアスが微笑《ほほえ》んでいた。

すると、書き換えられていくシステムが表示される。

エマには理解できない内容だったが、たった一つだけ——過去にゲームセンターのシミュレーターで見た情報が書き込まれていた。

「——このシステムって」

サウンドオンリーで、ニアスが説明を開始する。

『特機用のシステムをベースにしているのよ。今からアタランテ用に調整するわ』

システムが起動すると、アタランテに変化が現れる。

ツインアイが輝き、先程まで螺旋《らせん》を描いて飛んでいた機体が直進する。

機体の反応にエマは驚いた。

(凄い。今までと全然違う)

エマの感覚に近付いている気がした。

その変化は、サイレンにも伝わっていたらしい。

『戦闘中にシステムを書き換えた？　これだから天才っていうのは嫌になるわ。あの時、殺しておくべきだったわね』

ゴールド・ラクーンが迫る中、アタランテが逃げ回るのを止める。

サイレンに向かうと、サイドスカートのレーザーブレードを手に取った。

斬りかかると、敵が慌てて避けてしまう。

『こいつっ！』

サイレンが予想したよりも、アタランテが素早かったのだろう。

動揺しているのが見て取れた。

エマの方は、次にどのように仕掛けるか考えていた。

「よくも大尉さんを」

先程までとは立場が逆転しており、今度はゴールド・ラクーンの方が逃げ回っている。

ライフルを構えて攻撃するゴールド・ラクーンだったが、アタランテのスピードを捉えきれていなかった。

『ちっ！』

どうやら、奪取したはいいが、調整が不足しているようだ。

アタランテが敵機に近付くと、レーザーブレードを振り下ろした。

だが――。

「っ！」

エマはアタランテを下がらせる。

――敵機は腕で攻撃を防ごうとしていたが、それが正解だったらしい。

パイロットは困惑しながらも笑っていた。

『あは、あははは！　本当になんなのよ、この機体は！　特殊装甲とは聞いていたけど、斬られて無傷なんて凄いじゃないの』

サイレンがコックピット内で愉快そうに笑っている理由は、エマのレーザーブレードが装甲を焼けなかったことにだ。

ゴールド・ラクーンの装甲は削れず、無傷のままだった。

落ち着きを取り戻したサイレンが、今度は攻勢に出てくる。

『慣らし運転をかねて、さっさと破壊してあげるわ』

小惑星ネイア内にある第七兵器工場の開発室。

そこでプログラムを書き換えているニアスの周囲には、画面が九つも浮かんでいる。

それらが同時に書き換えられ、もの凄い速度で流れていく。

内容を同時に確認し、書き換え、修正する。

それを戦闘中に実行しているのだから、周囲は唖然《あぜん》とするしかなかった。

驚異的とも言える才能だが、ニアスの方は何とも思っていなかった。

「これは駄目ね。こっちは調整をすれば問題なし。こっちは――」

アタランテの動きやデータを確認しながら、プログラムを書き換えていく。

その異常さを目の当たりにしたパーシーが、ニアスの才能を羨む。

「本物の天才は違うわね。まさか、この状況でも一からプログラムを作ってしまえるとは思わなかったわ」

口調には僅かに妬みという棘《とげ》があるのだが、ニアスは気にしていない。

こんなの日常茶飯事だ。

常に他人から勝手に妬まれ、恨まれ、邪魔をされてきた。

それらを全てはね除《の》けているから、今のニアスが存在している。

「一からは用意していないわ。元からあったものを流用しているのよ。全部一から用意するなんて、私でも骨が折れるわ」

できない、と言わない辺りにパーシーは軽く恐怖を覚えた。

それでもプライドがあるため、内心を悟らせないように話を続ける。

「元から？　あり得ないわ。アタランテは第三の機体だし、設計思想だって第七とは違うのよ。流用なんてできるはずがないわ」

ニアスは作業を続けながら答える。

「合わせたのは機体じゃないわ。パイロットに合わせたシステムよ」

「――それこそあり得ないわ」

無名のパイロットのために、わざわざ機動騎士のシステムを用意するなど考えられない。

パーシーが不可解に思っている間に、ニアスはシステムを完成させる。

「あり得るのよ。あの子が練習に使っていたシミュレーターは、うちの特機の物だったのよ。よりにもよって、あのシミュレーターで訓練するなんてね」

「第七の特機？　まさか」

ニアスが飴玉《あめだま》を取り出して口に入れ、疲れた脳に栄養を与えて背伸びをする。

やり遂げたという達成感と、面白いパイロットへの期待から笑みを浮かべている。

「どこで流出したのかしらね？　まさか、アヴィドのシミュレーターで練習している子供がいたなんて、予想もしなかったわ。これだから、あの家は本当に面白い」

ニアスは端末を操作する。

「中尉、よく聞きなさい」

◇

『中尉、よく聞きなさい。とりあえずだけど、システムは完成したわ。動くのに問題はないはずよ』

アタランテのコックピット内で、エマは操縦桿を激しく動かしていた。

攻撃手段がないアタランテに、ゴールド・ラクーンが迫ってくる。

「ありがとうございます！　でも、武器がありません。敵にレーザーブレードも効果がなくて」

特殊装甲のゴールド・ラクーンを撃破するのは、現時点では不可能と思われた。

しかし、開発者であるニアスが小さくため息を吐《つ》く。

本当に残念そうにしていた。

『あるわよ。非常に残念だし、第三が関わった機体に破壊されるのは癪《しゃく》だけどね』

迫り来るゴールド・ラクーンの振り下ろしてきた大斧《おおおの》を紙一重で避けつつ、エマはその方法を尋ねる。

「教えてください！」

『カスタムはしているけど、ベースはラクーンよ。関節周りは他の機体と変わりがないの。それでも頑丈に仕上げているけど、今のアタランテになら破壊できるわ。さっさと本気を出しなさい』

本気と聞いて、エマはすぐにそれがオーバーロードを指していると気付いた。

しかし、過去の失敗が脳裏をよぎる。

「で、でも」

過負荷状態で戦えば、関節を破壊できると教えられるが、以前のテストで失敗したエマは僅かにためらう。

その様子を見抜いたニアスが言う。

『安心しなさい。その機体の新しいフレームとシステムは、ある機体をベースにしているわ』

「ある機体って」

『あなたもよく知っているでしょう？──アヴィドよ』

アヴィドにも使用されたレアメタルのフレーム素材を使用され、アタランテは回収された。

システム面も、エマのためにアヴィドの物を流用している。

「どうしてアヴィドが？」

『姿形は違っても、その子はアヴィドの兄弟──妹かしらね？　あなた程度では、破壊することなんてまず無理だわ』

馬鹿にされた物言いだったが、そこには「どれだけ暴れても壊れない」というニアスの保証があった。

エマは覚悟を決める。

「信じますよ」

『必要ないわ』

エマの期待を受け取らないニアスだが、モニターの向こうでは微笑しているように見える。

結果は見えていると言いたげな表情だった。

エマは操縦桿《かん》を握り直した。

「――アタランテ、力を貸して」

エマはコックピット内にあるオーバーロード状態にするレバーを全力で引く。

そこにためらう気持ちは一切なかった。

アタランテが過負荷状態に震えるが、これまでと違って耐えている。

レアメタルのフレームが、暴走する動力炉を押さえ込んでいる。

関節から放電現象が起きるが、それは今までよりも少ない。

だが、これまでよりも無駄なくエネルギーが機体に伝わっていた。

パーシーたちは余剰エネルギーを放出して機体の安定を図ったが、ニアスは基本フレームを変更して余剰エネルギーを効率よく運用する方法を選択していた。

言うだけなら簡単だ。

実際にパーシーたちも考えて断念しただろう解決策だが、ニアスはそれをやってしまえる実力を持った天才だった。

ツインブースターが黄色い光を放つと、これまで以上の重圧がエマに襲いかかってくる。

だが、エマは手応えを感じていた。

「いける！」

黄色い光を放つアタランテが、ゴールド・ラクーンに向かう。

◇

「何なのよ、こいつは!?」

ゴールド・ラクーンのコックピット内で、シレーナは信じられない光景を見せつけられていた。

徐々に動きが良くなるアタランテも信じられなかったが、それでも特殊装甲のおかげで一方的に有利に戦いを進められていた。

それなのに、アタランテが発光したかと思うとスピードを上げた。

「データよりも速い。いや、使いこなしているとでもいうの!?」

依頼主から受け取ったデータでは、過負荷状態のことも知らされていた。

しかし、データよりも厄介極まりない。

多少スピードが速くなったくらいなら、対処可能だと思っていた。

しかし――。

「センサーが追いつかない！」

――ゴールド・ラクーンの火器管制システムが、アタランテを捉えられない。

遠距離からの攻撃では、仕留めきれない。

しかし、近付けばもっと厄介だ。

大斧で斬りかかるが、簡単に避けられてしまう。

悔しさから、シレーナからエマを評価する言葉が出てくる。

「生身は凡人以下でも、パイロットとしては本物の化け物ね」

エマの姿を思い出すが、まだあどけなさの抜けない女の子がアタランテという凶悪な機動騎士を操縦しているとは信じられなかった。

アタランテは脅威だが、使いこなせるパイロットも同じく脅威である。

「ここで潰しておかないと、面倒になる」

シレーナがライフルを撃ち尽くしたため放り投げると、サブマシンガンに持ち替える。

牽制《けんせい》を行い、その後に斬りかかるとアタランテが慌てて避けていた。

「やはり、戦闘経験が足りないわね！」

機体もパイロットも凄《すご》いが、戦闘技術は自分が勝っている。

攻撃手段もないため、現状ではシレーナが優勢だろう。

ゴールド・ラクーンが左腕に持った大斧で斬りかかると、アタランテが体当たりをしてくる。

「こいつ！」

『捕まえたぁぁぁ!!』

接触したことで強制的に回線が開き、エマの声が聞こえてきた。

アタランテが加速すると、押されたゴールド・ラクーンのコックピットにいるシレーナも重圧を感じる。

あまりの加速力に、コックピットが重力を制御し切れていなかった。

「放せ！」

抵抗するが、アタランテは離さない。

『よくも大尉さんを！』

「はっ！　戦争をやっているのよ。死ぬのは当たり前じゃない。まぁ、あいつの場合は無駄死にだったけどね！」

倒した敵のエースパイロットを貶《けな》すが、エマは激高まではしなかった。

『あの人がいたから、アタランテは完成したんです。あの人が稼いでくれた時間がなければ、あたしは死んでいました。あの人がいたから――こうしてあなたを追い詰められているんです!!』

システムの書き換えを行うための僅かな時間を稼いだのは、シレーナに食い下がったジャネットの成果だった。

「くっ!?」

(あいつさえいなければ!!)

ここに来て、シレーナもあの僅かな時間稼ぎが命取りになっていたと後悔する。

「いい気になるな!」

アタランテを破壊しようと伸ばした左腕が掴《つか》まれる。

そのまま、アタランテはゴールド・ラクーンの左腕を強引に——もいでしまった。

引き千切られてしまった左腕を見たシレーナは、冷や汗を流しながら叫ぶ。

「この化け物が!」

左腕を失い、苦戦を強いられ続けるシレーナだったが、そこにダリア傭兵《ようへい》団の部下たちが駆けつけてくる。

『団長、撤退してください!』

数十機の機動騎士から砲撃を浴びるアタランテは、ゴールド・ラクーンから距離を取る。

「時間をかけすぎたわね。本隊に合流するわ」

(私らしくもない。熱くなりすぎた)

反省して本隊と合流しようとするが、部下たちからは予想していなかった返答がされる。

『本隊は壊滅しました』

「——何ですって？」

ダリア傭兵団の規模は、一千隻は超えている。

全てが精鋭でもないため、頼りになるのは二百隻くらいだろう。

それでも、一千隻の艦隊がやられたというのが信じられなかった。

「一体誰が本隊をやったの!?」

簡単にやられるような味方ではないと知っているため、壊滅させられたのが信じられなかった。

それほどの強敵が、この場にいるとは想像もしていなかった。

『バンフィールド家です。奴《やつ》ら、出撃して本隊を攻撃したんです。生き残ったのは五十隻程度です』

「——潜んでいた本隊を探り当てたですって」

五十隻。その内、何隻もが被弾しているため無傷の艦艇が少ない。

シレーナは奥歯を噛《か》みしめる。

（チェンシー以外にも厄介な奴がいたようね。名のある騎士は来ていないと聞いていたけど、甘く見すぎていたわ）

シレーナは自分の判断ミスを悔いるが、団長であるため命令を下す。

「——撤退よ」

ゴールド・ラクーンを撤退させる。最初こそ追いかけてきたアタランテだが、動きを止める。

追撃してこないアタランテを見て、シレーナは胸をなで下ろすと同時に苛立《いらだ》つ。

「いつか必ず仕留めてあげるわ。それまで、精々騎士ごっこを楽しむのね」

吐き捨てて逃げ出す自分に、シレーナは悔しさがこみ上げていた。

◇

退いていく敵を見ながら、エマはコックピット内で上官に嚙みついていた。

「どうして追撃しないんですか！　あいつは――あの女は、大尉さんを――」

嚙みついた相手だが、それはクラウスだった。

敵の主力と思われる艦隊を発見、その後に全滅させていた。

『緊急出撃で弾薬と燃料が少ない。追撃すれば、我々にも被害が出る』

「でも！」

『――すぐにネイアに帰還する。君も味方の艦と合流しなさい』

エマは項垂《うなだ》れた。

アタランテのオーバーロード状態が解除されると、その場で動きを止める。

右手には、ゴールド・ラクーンの左腕が握られていた。

「あたしのせいだ。あたしのせいで大尉さんたちが――」

自分が弱いために、知り合いの騎士を失ってしまった。

その責任は自分にあると口にすると、モニターの向こう側にいたクラウスが強い口調で叱責してくる。

『君は――貴官は勘違いをしている。たかが一騎士に、ジャネット大尉が戦死した責任があると思っているのか？』

「でも！　あたしがもっと強ければ、大尉さんを助けられたんです！　他の皆さんだってきっと！」

『可能性云々《うんぬん》の話はしていない。アタランテの回収を命じたのは私だ。派遣する部隊を決め、ジャネットに君を迎えに行かせた。責任があるとすれば、それは私にある』

エマが俯《うつむ》いて返事もできずにいると、クラウスは最後に一言だけ言った。

『君はよくやった』

◇

エマとの通信を終えたクラウスは、艦橋にいた軍人と話をする。

相手は艦長だ。

「若いですね。味方を失い激情に駆られていますよ。ですが、単機で追撃しなかったのは評価できますね」

目頭を押さえたクラウスは、ジャネットを失ったことを憂いていた。

「大事な部下を失ってしまいました。彼女ではなく、私の責任ですよ」

艦長はクラウスの話を聞いて、何度か頷《うなず》く。

「当然です。あなたは騎士長でこの艦隊の責任者ですからね」

冷たい言い方にも聞こえるが、艦長は続ける。

「だが、あなたの判断のおかげで、第七兵器工場は被害を減らすことができました。少ない被害で潜んでいた敵艦隊も撃破しています。これ以上を望むのは、欲張りすぎですよ」

言葉にはしないが、クラウスは失った以上の成果を出していると伝えたいのだろう。

小惑星内への陸戦隊と騎士の投入。

その後、艦隊を率いて隠れていた傭兵団の本隊を撃退。

クラウスは顔を上げる。

「できることをしただけです。ただ――騎士長というのは、自分には過ぎた地位でした」

「謙遜ですか？」

「本音ですよ」

艦長は肩をすくめると、先程のパイロット――エマについて尋ねる。

「それで、騎士長殿は逆らった騎士にどんな罰を与えるのですかね？」

上官に対して逆らったのだから、本来は罰があってしかるべきだろう。

クラウスは思案する。

(今のあの子には、何もない方が辛《つら》いだろうな)

知り合いを失い、実力不足を嘆いているようだった。

それならば、と。

「今回の任務中は、特別メニューで訓練をさせておきますよ」

「疲れさせて、余計なことを考えないようにするつもりですか？　甘やかしていますね」

「何のことでしょうね」

とぼけたクラウスは、味方の損害を調べるため周囲に映像を投影する。

被害は少ないとは言え、戦死者は出ている。

そこには、自分を慕っていたジャネット大尉の名前も記載されていた。

◇

数日後。

戦闘により発生したデブリの回収も終わらない内に、バンフィールド家の艦隊は戦死者を弔うために艦隊を出していた。

儀礼用の制服に着替え、戦死者たち――仲間たちに敬礼を送る。

エマも味方の艦に乗せてもらい参加しており、周囲には他部隊の騎士たちが並んでいた。

「聞いたか？　攻撃してきた連中は、傭兵組織の幹部組織だとさ」

「ヴァルチャーだったか？　傭兵団の組合の幹部となれば、率いるのが数千隻っていうからな」

「帝国にまで喧嘩《けんか》を売るとか、馬鹿な奴らもいたものだよな」

捉えた敵兵士たちを尋問し、所属などが徐々に明らかになっていく。

エマは静かに聞き耳を立てていた。

騎士たちが襲ってきた集団の団名を口にするのを待っていた。

「今回戦った連中は、ダリアって傭兵団だとさ」

「第七に侵入してまで何をするつもりだったんだ？」

「うちの新型を破壊するとか何とか聞いたな」

既に機密事項扱いになっており、アタランテを破壊するためダリアが第七に侵入したという話は通達されていない。

しかし、人の口に戸は立てられず、味方内で噂《うわさ》が広がっていた。

「わざわざ団長が乗り込んできたらしいぞ」

「団長って有名人なのか？」

「余所《よそ》では名が知れ渡るくらいには暴れ回っているよ。――シレーナだ。ダリア傭兵団のシレーナ」

「偽名じゃないか？」

「しかし、傭兵団がうちに喧嘩を売るとはね」

「バンフィールド家は傭兵団を雇わないから、向こうからすれば敵に見えるんだろ」

実は、バンフィールド家は傭兵団の事情に詳しくない。

これは、傭兵団を雇わず、自分たちの軍事力だけで問題を解決してきたからだ。

エマは静かに名を呟《つぶや》く。

「ダリア傭兵団のシレーナ――そっか、サイレンは偽名だったんだ」

（いつか必ずあたしが――）

第十一話 ▼ 騎士という存在

『中尉、これがネイアで行う最終テストよ』

「――はい」

小惑星ネイア付近にあるテストエリア宙域。

改修が終わったメレアが見守る中、アタランテの最終テストが行われていた。

宇宙に漂う岩石の合間を縫って飛び回るアタランテは、当初のテストとは比べものにならない完成度を誇っていた。

軽やかに岩石を避けて飛んでいく。

そして、手に持ったペイント弾が装填されたライフルを構えると、岩石に取り付けられた的に向かって銃口を向けた。

引き金を引くと、ペイント弾がほぼ中央に命中していく。

その結果を見て、パーシーは複雑そうな表情をしていた。

アタランテが完成に近付いているのは嬉《うれ》しいようだが、第七の力を借りたのが許せないのだろう。

完成度が高いのに、素直に喜べないようだ。

『次は機動騎士を投入します』

「――はい」

メレアから出撃してくるのは、練習機のモーヘイブだった。

それが九機も出撃してくると、アタランテを囲んでくる。

ペイント弾を装塡したライフルやマシンガンで攻撃してくるが、アタランテにはかすりもしない。

味方の通信が聞こえてくる。

『こんなの当てられるかよ！』

『機体性能が違いすぎるだろ。こんなのテストになるのかよ？』

『あ～、撃墜判定出たぁ』

やる気のないパイロットたちの機体に、アタランテが次々にペイント弾を撃ち込んでいく。

そうしてテストが終了。

アタランテがメレアに戻ると、格納庫は以前よりも綺麗《きれい》になっていた。

多少狭くなっているのだが、設備も充実しており以前とは大違いである。

機動騎士の運用を考え、使いやすくなっていた。

アタランテ専用のクレードルに到着すると、モリーがアーム類を操作して固定していく。

『エマちゃん、お疲れ！』

「――お疲れ」

コックピットから出たエマは、無重力状態で振り返ってアタランテを見上げる。

その表情は疲れており、目の下に隈《くま》ができていた。

モリーが近付いてくる。

「いや～、最新の設備っていいよね。操作も楽だし、使いやすいよ。何よりも動きが違うからね！　もう何もかもスムーズで最高！」

「そうだね」

素っ気ないエマに、モリーはやや呆《あき》れつつも笑顔で話しかけてくれる。

「まだ気にしているの？」

「――うん」

直前まで会話をしていたジャネット大尉が死んだ。

エマにとっては頼りになる先輩で、命の恩人でもある。

そのことが、エマを苦しめる原因になっていた。

モリーの顔から笑みが消えると、心配した顔で慰めてくれる。

「気にしてもしょうがないよ。うちも知り合いが何人も死んだけど、引きずるとろくなことにならないし」

軽く言っているように聞こえるが、モリーは何度も乗り越えてきたのだろう。

いつも明るいモリーの裏には、へこたれない強い一面があるとエマは知っている。

だが、エマにはまだ慣れなかった。

「わかっているけどさ。でも、あたしがもっとうまく、この子を操縦できていたら」

何度も後悔してしまう。

そんなエマに、離れた場所から意外な人物が近付いてきた。

「その考えは傲慢に過ぎるな」

エマが、現れた人物に視線を向けると敬礼を行う。

「騎士長」

エマの呟きに、モリーも相手が誰なのかを思い出して慣れない敬礼を行う。

騎士服に身を包んだクラウスが、無重力状態の格納庫で飛んでくると、手すりに掴《つか》まり二人の前に立った。

エマは何かを言おうとするが、先に口を開いたのはクラウスだった。

「軽空母メレアに配備する機動騎士が決定した」

事務的な通達をしてくるクラウスに、エマは不思議に思って尋ねる。

「わざわざ騎士長が伝えに来られたのですか？　メッセージでも良かったのでは？」

モリーもエマの横で手を叩《たた》く。

「それもそうだよね！」

騎士長の前で無礼に過ぎるが、クラウスはモリーの態度を責めなかった。

僅かに苦笑した後、エマを前にクラウスは表情を破顔させる。

「わざわざ来る理由があった、ということだ。ロッドマン中尉、君と話がしたかった」

「あたしと、ですか？」

◇

メレア内にある休憩所。

今はエマとクラウスの二人だけで使用し、二人とも飲み物を用意している。

クラウスがメレアに来たのは、エマと話をするためだ。

「ジャネット大尉のことは残念だった」

「はい」

「彼女は少々規律に緩い部分もあったが、優秀な部下だった。機動騎士部隊を率いて、よく戦ってくれた」

三機小隊を四小隊。

中隊を率いて戦っていたジャネットは、クラウスにとっても頼りになる部下だったようだ。

エマが涙を流す。

「あたしのせいで大尉さんを死なせました。あたしを守って死んだんです。大尉さんがいなかったら、今頃あたしは――」

泣き出すエマに、クラウスは背中をさすってやりつつ話す。

「彼女が死んだのは私の責任だ。それに、我々は騎士であり、同時に軍人だ。戦場に出れば死ぬこともある。それを当然と思えとは言えないが、受け入れなさい」

自分たちは戦場に身を置く仕事をしているのだから、と。

「——あたしが大尉の仇《かたき》を討ちます。ダリア傭兵《ようへい》団のシレーナって人は、あたしが倒します」

宣言するエマに、クラウスはやや声を低くする。

「任務に私情を挟むのかな？」

「で、でも！」

クラウスは、エマの仇討ちを否定するつもりはないらしい。

「君がどうしようと勝手だが、私情を挟めばいつか周りに迷惑をかけるだろう。君の私怨で味方が死んだ時、今度はどうするつもりだ？」

問い掛けられたエマは、クラウスの顔を直視できなかった。

それでも、強がって答える。

「——迷惑なんてかけません」

「そうだといいが、君の勝手な行動で迷惑を被るのは味方だ。それに、軍にいれば、嫌でも味方が死んでいく。君はその度に、仇討ちをするつもりか？」

「っ！」

エマが何も言えずにいると、クラウスはベンチから立ち上がる。

「君がどうするかは、君自身が決めることだ。上司としては、仇討ちに囚《とら》われず任務を遂行してほしいけどね」

エマが黙っていると、クラウスは優しく語りかける。

「もっと強くなりなさい。それだけの才能と力を君は持っている」

「あたしなんて何も」

否定をしようとすると、クラウスは腕を組む。

「過小評価が過ぎるな。何の才能もない騎士に、軍は試作実験機という名の高級機を預けたりはしないさ」

「でも、あたしは弱くて」

クラウスの言葉を聞いても、エマは自信を持てないようだ。

クラウスは小さくため息を吐《つ》くと、仕方がないという顔をする。

「ならば強くなりなさい。そして、出世することだ」

「え？」

強くなるのは理解できるが、エマの中で出世するのが仇討ちに何の関係があるのか理解できなかった。

そんなエマに、クラウスが諭す。

「上官が無能だと味方が死ぬ。優秀な指揮官は、より多くの味方を救うものだ。味方を、そして仲間を守りたいなら、君自身が強くなって出世しなさい」

「あたしが出世――」

クラウスの説明で納得したエマは、小さく頷《うなず》いた。

「――はい」

それを見て、クラウスは僅かに安心した顔になる。

そして、もう一つの話をする。

「上層部による協議の結果を伝えよう。何者かに狙われている試作実験機アタランテには、相応の護衛が必要であるという結論に達した」

「え、えっと」

要領を得ないエマは、クラウスが何を言いたいのか察していない。

クラウスは微笑する。

「メレアには新型量産機を配備することが決定した」

エマが慌てて立ち上がる。

「それって！」

「我々は試作実験機の開発、そしてメレアの活躍に期待しているということだ。これからも励みなさい」

メレア――辺境治安維持部隊改め、試作実験機アタランテ開発チームに第七兵器工場の新型機が配備されることになった。

エマは瞳を輝かせる。

クラウスが用件を済ませて立ち去ろうとすると、その背中にエマが声をかける。

「あ、あの！――ジャネット大尉からの伝言です。長い付き合いになれなくてごめん、と」

伝えると、クラウスは立ち止まって背中を向けたまま天井を見上げていた。

「――そうか」

しばらくすると、クラウスはジャネットとの思い出を話す。

「私には勿体《もったい》ない優秀な部下でね。そして、私を慕ってくれていた。こんな私に期待して、出世させてやると言ってくれてね。長い付き合いになりそうだから、仲良くしましょう、と」

クラウスの声は、僅かに震えているように聞こえた。

「――まったく、上官に嘘《うそ》を吐くなんて困った部下だ」

◇

新型機の受領日。

改修が終わったメレアの格納庫には、パイロットや整備兵の他に艦内クルーが集まっていた。

受け入れる新型量産機の受領を、今か今かと待ちわびている。

それは、第三小隊の面々も同じだった。

「ダグさんもラリーも落ち着いたら」

呆れたモリーの視線の先にいたのは、ソワソワしている二人だ。

ダグもラリーも、格納庫内をウロウロしている。

「モリーには理解できないだろうが、新品の機体を受け取るっていうのは俺でも初めてなんだ。落ち着けって言われても無理な話だろ」

軍隊生活が長いダグでも、新型機に乗るのは初めてらしい。

モリーは、普段は斜に構えている癖に落ち着きのないラリーを見る。

「ラリーも色々と文句を言っていたよね？」

「それとこれとは話が違うだろうが！」

「違わないし」

落ち着かない男共を前に、モリーはため息を吐く。

すると、開いたハッチから格納庫に駆け込んできたエマに気付いて立ち上がる。

エマは笑顔で両手を振っていた。

「エマちゃん！」

「みんな！　新型機が来ましたよ！　急いで運び込んでもらいました！」

格納庫内の雰囲気が明るくなる。

新型機が配備されるというのは決定していたが、どの部隊にどの機体が配備されるか、微調整を行っていたらしい。

新型と言っても、第七兵器工場には何種類も存在する。

中には外見がまともな量産機も存在していた。

ラリーが珍しく拳を作り、ガッツポーズをする。

「でかしたぞ、隊長殿！　それで、機体は!?」

気分が良いのか、エマを隊長と呼んでいた。

皆が機体を待ちわびていると、次々に運び込まれてきた。

その姿を見て、クルーたちが徐々に冷めていく。

そんなことはお構いなしに、エマとモリーが騒いでいた。

「新型のラクーンを受領しました！　最新型の量産機ですよ！」

「エマちゃん、やったね！　よく最新型を手に入れたよ～」

「ありがとう～。でも、実はあたしが何かを言う前に、勝手に決まったんだけどね！」

モリーがエマに抱きつき褒めていると、機体と一緒にドワーフの技術者が艦内に部下たちを連れてやって来る。

「う～すっ、第七の技術指導員一同です。しばらく厄介になるぜ」

そんな彼らを見て嫌そうな顔をするのは、アタランテの周りにいた第三兵器工場のスタッフ——特にパーシーだ。

「帰れ！　そもそも、何で第七のスタッフが乗り込んでくるのよ？」

「ラクーンは最新型だからな。技術指導もあるが、現場でのデータの蓄積って大事だろ？　これからしばらくは、同じ船だな。よろしく頼むぜ」

ヘラヘラするドワーフに、パーシーは顔を背けていた。

ラリーとダグは、肩を落として話をしていた。

「こんなオチだと思ったんですよ。新型でも、もう少しいいのがあっただろうにさ」

「性能だけが全てじゃないからな。もっとこう――強そうな機体に乗りたかったよな。無骨で雄々しい機動騎士がいいのに、ラクーンはちょっと丸いからな」

ラクーンの外見は、どうやら騎士以外にも不評らしい。

丸っこいシルエットは、無骨さよりも可愛《かわい》さが出ている。

期待していただけに、落ち込みも大きい。

ラリーはまだ納得していなかった。

「こいつを持って来るくらいなら、テウメッサでしたっけ？　そっちにアシスト機能を搭載してくれればいいのに」

ダグの方は、半ば諦めているが希望は口にする。

「お前はスレンダーな機体が好みか？　俺はもっと角張って、男らしい機体が良かったよ」

新型機の受領は嬉《うれ》しいが、外見が好みではない。

性能は良いが、妙に納得できない二人とメレアのクルーたちだった。

◇

「せっかくラクーンを受領したのに、みんなして微妙な顔をするんですよ」

第七のドック内にある休憩室。

エマはクラウスと二人で話をしていた。

「うちの連中にも不評だったな。悪い機体じゃないんだが、チェンシーがふてくされるから、私のテウメッサを譲ったよ」

「譲ったんですか!? テウメッサは競争率が激しくて、希望してもほとんど配備されないって聞いていますよ」

「私ではアシスト機能のないテウメッサは持て余すから丁度いいのさ。むしろ、アシスト機能を標準装備しているラクーンの方が扱いやすい」

テウメッサは一部のエースたちに用意された操縦の難しい機動騎士だが、ラクーンは一般兵からエースまで幅広く対応する拡張性のある機動騎士だ。

エマとクラウスからすれば、テウメッサよりもラクーンの方が評価は高い。

それなのに部隊の面々からは不満を言われてしまったので、二人して肩を落としている。

エマはクラウスの機体について話をする。

「騎士長のラクーンはカスタマイズするんですか？」

「私の場合はオプションパーツの取り付けだけだから、カスタマイズと呼べるものではないな。専用のカスタム機を受領できるのは、それこそエース級の騎士やパイロットに限られる」

活躍した者には相応の待遇を、それがバンフィールド家の方針だ。

カスタム機というのも、その待遇の一つである。

「でも、他とは違うっていいですよね。カスタム機にも憧れます」

「アタランテは君の専用機だろ？　カスタム機よりも凄《すご》いと思うよ。――さて、そろそろ時間だな」

ベンチから立ち上がるクラウスは、エマに敬礼をする。

「本星に戻れば、この艦隊も解散だ。次に出会えるのはいつになるかわからないが、生きて会えるといいな」

エマも敬礼する。

「はい」

生きて会えるといいな。この言葉の重みを理解するくらいには、エマも成長していた。

お互い、いつ死ぬかわからない騎士という立場だ。

どちらかが死んでもおかしくないし、二人とも死ぬかもしれない。

再会できる確率も低く、これが最後となる場合もある。

「アタランテが完成するよう祈っておこう」

「それなら、あたしは騎士長が出世するように祈ります」

「ん？」

首をかしげるクラウスに、エマはジャネット大尉の願いを伝える。

「大尉さんが言っていました。騎士長はもっと上にいけるはずだって」

クラウスは元部下からの期待を知り、僅かに照れくさそうにしていた。

同時に、失った部下に対して悲しみを感じさせるような表情を見せる。

「買いかぶりだな。私はできることをするだけだ。だが、気持ちは受け取っておこう」

二人はそう言って別れる。

改修後のメレアの一室。

開発チームが入っているその部屋には、様々な設備が用意されていた。

計器類の他に、アタランテの情報をリアルタイムで表示するモニターが幾つも用意されている。

開発責任者のパーシーが、モニターに映るエマと会話をしている。

「ロッドマン中尉、これが最後のテストになるわ。この計画が成功するか失敗するかは、この結果に関わってくるの」

『理解しています』

第七で改修を受けてから約二年。

メレアを旗艦として元辺境治安維持艦隊は、アタランテの開発をサポートしてきた。

軽空母一隻。

巡洋艦一隻。

駆逐艦四隻。

宇宙軍の規模を考えれば小さいが、たった一機の機動騎士を開発するならば相応の艦隊とも言える。

パーシーはこれまでを思い出し、懐かしそうに微笑《ほほえ》む。

「色々とあったけど、あなたにも感謝しているわ」

『えへへ』

はにかむエマに、開発チームの面々は気が抜けそうになる。

アタランテという難しい機体を操縦するのが、まだ幼さの残る女の子だ。

とてもアンバランスに見えていた。

本来ならば、経験豊富な才能ある騎士がテストパイロットに選ばれてもおかしくなかったのだが、アタランテを動かせるのは事実上エマだけだった。

「今回のテストが終われば、開発チームも解散するわ」

『聞いています。第三兵器工場に戻るんですよね？』

「そうよ。アタランテの後継機を開発するかは不明だけど、新型機の開発に関わることになるわね」

開発チームも、今回の結果にかかわらず解散が決定している。

それは、アタランテの開発が一区切りついた証《あかし》でもあった。

パーシーはエマに言う。

「いつかアタランテを超える機体を造るつもりよ。その時は、真っ先にあなたに送りつけてあげるから、それまで死なないでね」

『まだテストも終わっていませんよ？』

困った顔で笑うエマに、パーシーは信頼を寄せていた。

「あなたなら成功させると信じているわ。それじゃあ、テストをお願いね」

『はい』

メレアの格納庫から射出されたアタランテは、右手にアタランテ専用の多目的ライフルを装備していた。

長身のライフルは、連射も狙撃も可能としている。

実弾兵器と光学兵器の切り替えも可能としており、これ一つでも高価な代物だった。

アタランテが通常モードで岩石が漂うエリアに向かうと、用意された的に向かって射撃を行う。

移動しながら射撃をしているが、その命中率は高い。

一歩間違えば、漂う岩石に衝突してアタランテにも大きなダメージが入るだろう。

そんな中で的に向かって射撃をするというのは、パイロットにとっても大きな負担だ。

それをエマはやり遂げていた。

パーシーの部下が、エマのスコアを見て上機嫌で口を開く。

「中尉は射撃にセンスがありますね。いいスコアですよ」

近接戦闘に問題がある——といっても騎士として一般的な範囲内だが、平均的な実力しか持たないエマにも特技があった。

ここ最近、射撃の腕が向上している。

その理由をパーシーが語る。

「当然よ。改修後から、中尉はずっと厳しい訓練をしてきたのよ。結果が出てくれないと困るわ」

困るわ、と言いながらも随分と嬉しそうにしていた。

パーシーもエマの努力を見ており、結果が実って嬉しいのだろう。

部下たちが顔を見合わせて笑い合っていると、テストが次の段階へと移行する。

「仮想敵のラクーン部隊を投入します。ロッドマン中尉は、オーバーロード状態へ移行してください」

『了解！』

アタランテが輝き始めると、関節部から黄色い放電現象が発生する。

メレアから見ても明らかに加速したアタランテが、障害物だらけのエリアを縫うように飛び回っていた。

アタランテの軌道が、黄色い光が残像となって線に見えた。

パーシーが腕を組む。

「本当に凄いわ。でも、相手をする他の機体はたまったものではないわね」

◇

メレア所属の第一中隊、第三小隊のパイロットであるダグは、ラクーンに乗っていた。

アサルトライフルにはペイント弾が装填されており、アタランテに撃って命中しても問題ない。

しかし、ダグは冷や汗をかいていた。

「お嬢ちゃんが来るぞ、ラリー！」

緊張している理由は、オーバーロードを使用したアタランテが脅威であると実感しているからだ。

これまでのテストで何度も戦ってきたが、過負荷状態のアタランテは強かった。

味方機であるラリーの乗るラクーンが、攻撃を開始する。

『わかっていますって！』

ライフルで狙撃を行うラリーだったが、障害物が多い上に逃げ回るアタランテを狙っている暇もなく弾を外していた。

ペイント弾が岩石に命中して、青いペンキをぶちまける。

その様子にダグが怒鳴りつける。

「だから、狙うよりも弾をばらまけって教えただろうが！」

ダグのラクーンは、アサルトライフルでペイント弾をばらまいていた。

周囲の岩石がペイント弾で青く塗装されていくが、アタランテには一発も命中していなかった。

そうしてすぐに弾切れを起こしてしまい、弾倉を交換することになる。

その間に、エマのアタランテが急接近してきた。

「容赦ないな、お嬢ちゃん！」

ダグが文句を言うと、ラリーが仕返しとばかりに怒鳴りつけてくる。

『そうやって無駄弾を使うから、隙を突かれるんだろうが！』

エマのアタランテは、多目的ライフルを構えるとダグのラクーンの中央――コックピットに二発のペイント弾を撃ち込む。

ダグのラクーンが赤いペンキで塗られると、システムが報告してくる。

『コックピットへの直撃判定です』

「くそっ！」

ダグが自分のふがいなさに言葉を吐き捨てると、機体は動かせなくなる。

その場に漂っていると、ラリーの悲鳴が聞こえてくる。

『それは卑怯《ひきょう》だろうが！』

回り込まれて後ろから撃たれたのが気に入らないのか、卑怯だと言って騒いでいる。

ラリーも動けなくなったのか、コックピットで文句を言っていた。

『あの状態のアタランテに勝てるわけがないだろ！　いくらラクーンでも、そもそもの性能が段違いなんだからさ』

こんなテストは無意味と言い張るラリーに、暇になったダグが話しかける。

「安心しろよ。あんな機体を操縦できるのは、お嬢ちゃんくらいだ。そもそも、ラクーンでテスト相手に不十分となれば、他の機体を持って来ても同じだろ」

量産機としては最新鋭で、非常に優秀なラクーンだ。

こんなラクーンが仮想敵になりえないのならば、他の量産機を持ってきても意味がない。

『――そうですけど』

ダグはコックピット内でシートの感触を確かめる。

「それにしても、悪くない。いや、良い機体だな。モーヘイブとは段違いだぜ」

量産機の代名詞とまで呼ばれたモーヘイブとは、コックピット内のグレードから違った。

その辺は、ラリーも納得しているらしい。

『まぁ、悪くはありませんよ。最新鋭の機体が、ここまで凄《すご》いとは思いませんでしたからね。それでも、もっと外見はどうにかできたと思いませんか？』

重厚感はあるのだが、いかんせん外観が騎士や軍人の好みではない。

しかし、ダグは乗っている内に気に入りだしていた。

「そうか？　俺は悪くないと思えてきたぞ」

『は、嘘《うそ》でしょ!?』

二人が話をしている間に、テストは終わってしまったようだ。

通信で他の機体から味方の文句が聞こえてくる。

『騎士が乗る機動騎士を相手にするなら、せめて騎士を連れて来いよ』

『言えてる』

『うちみたいなところに、これ以上騎士が派遣されるかよ』

口の悪い同じ部隊のパイロットたちは、それぞれが文句を言っていた。

ダグは思う。

(以前より幾分か他の奴《やつ》らも明るくはなったが、それでも積極的に訓練をするほどでもないな)

艦艇や機動騎士は最新鋭でも、中身の人員が低レベルだった。

それをダグは誰よりも実感している。

(お嬢ちゃんみたいなのは、さっさとやる気のある部隊に転属させてやりたいな)

このまま自分たちと一緒に腐るより、エマは他の部隊に移るべきと考えていた。

コックピット内に持ち込んだ写真を見る。

そこには、戦死した恋人と弟が写っていた。

ダグは手を伸ばす。

(あのお嬢ちゃんを見ていると、どうにもお前らを思い出してしまうよ。俺もまだ、お前たちのことを引きずっているんだろうな)

◇

傭兵《ようへい》協会本部。

ヴァルチャーと呼ばれる傭兵団の組織内では、査問会が開かれていた。

総団長が問い詰める相手は、幹部組織の一つであるダリアの団長シレーナだ。

「シレーナ、お前は傭兵協会に大きな問題を持ち込んでくれたな。まさか、帝国の第七兵器工場に喧嘩《けんか》を売るとは思わなかったぜ。帝国や兵器工場、果ては貴族たちまで抗議してきて大変だった」

お前のせいで迷惑を被ったと問い詰められるが、シレーナは涼しい顔をしている。

「それは失礼しました」

「二年間も姿を隠しておいてよく言う」

「あら？　ちゃんと上納金は納めていたはずですが？」

他の幹部たちがシレーナに対して、苦々しい顔をしていた。

総団長がシレーナに問う。

「お前の団は数を大きく減らしていたな？　幹部組織としての条件を満たしていないと思うが、どうだ？」

バンフィールド家に約一千隻も撃破されたダリア傭兵団は、その数を大きく減らしていた。

しかし、シレーナは余裕の笑みを見せていた。

「戦力の補充は済ませていますよ。第七の仕事の後に、本業で稼ぎましたからね。むしろ、数だけなら以前より増えています」

失った艦隊は補充を済ませている。

これは嘘ではなく本当だった。

第七兵器工場を襲撃後に、貴族同士で争っている戦場で仕事を行った。

その際に、戦力補充を行っている。

総団長が口角を上げる。

「有象無象を増やしたところで、使えるようになるまでどれだけ時間がかかるかな？　二年間も必死になってかき集めたんだろうが、実力が伴うまでもう少し時間がかかると思うが？」

急激に数を増やしたところで、使えるようになるまでは時間がかかる。

それはシレーナも実感していたが、弱みは見せられないので強がるしかない。

「ちゃんと仕事はこなしているでしょう？　これ以上、何を求められるのか理解できませんね」

他の幹部たちがシレーナを睨《にら》んでいた。

共に傭兵協会の幹部たちだが、別に味方でもない。

時には争い合うため、全員が皆ライバルだ。

幹部組織ではない傭兵団も多く存在し、幹部を追い落としてその席に自分が座ることをもくろんでいる者は多い。

この場は過酷な競争社会を勝ち抜いた傭兵たちが集う場所だ。

総団長がシレーナに言う。

「これ以上は無駄だな。第七からのクレームは協会の方で対処してやる。だが、お前らは今後第七を利用できないことだけは頭に叩《たた》き込んでおけよ」

「えぇ、覚悟していましたよ」

元から第七とは今後関わらないつもりで依頼を受けていた。

シレーナへの追及が緩み、議題が他に移る。

どこで争いが激しくなっている～などの話が進む中、シレーナは笑顔を作りながら腸《はらわた》が煮えくりかえっていた。

(バンフィールドの騎士共のおかげで、辛酸をなめさせられたわ。チェンシーはしょせん一個人だけど、問題は艦隊を率いた奴よ。軍人か、それとも騎士か——それに)

甘い理想を抱く騎士を目指す少女が、妙に許せなかった。

(エマ・ロッドマン——戦場で私と再会した時は、覚悟しておくのね)

エピローグ

惑星ハイドラ。

そこはバンフィールド家の本星であり、領主の方針から自然との調和を大事にしている惑星だ。

緑豊かな惑星である。

宇宙から見ると非常に美しく、宇宙港から観光客たちが足を止めて眺めるほどだ。

そんなハイドラには、バンフィールド伯爵の屋敷がある。

広大な屋敷は、一つの都市というべき広さと機能を持っていた。

その中には、騎士たちが働く建物も存在する。

外観にこだわったビルの中。

通信室にやって来た【クローディア・ベルトラン】大佐は、首都星で任務に就く上官のクリスティアナと話をしていた。

白い騎士服に身を包み、背筋を伸ばして報告する姿は実に軍人らしい。

青髪と青い瞳に白い肌。

気の強そうな顔は、無表情であると他者に冷たい印象を与えるだろう。

そんなクローディアは、かつてエマの教官を務めた女性騎士だ。

現在は教官職を離れ、ハイドラにて騎士団のまとめ役をしている一人である。

軍での階級は大佐であるが、クローディアは騎士団でも幹部の一人だ。

直属の上官はクリスティアナだ。

バンフィールド家を支える女性騎士であるのだが、現在クリスティアナは主君と一緒に首都星にいる。

ハイドラを離れているため、管理は部下や側近たちに任せていた。

クローディアもその一人であり、今回は定期的な報告を行っている。

「――領内の状況は以上です。時折、何も知らない海賊たちが入り込みますが、その他は寄り付きもしません」

淡々と報告を終えたのだが、モニターの向こうにいるクリスティアナの表情は優れない。

考え事をしており集中力に欠けていた。

クリスティアナのそんな姿は珍しく、クローディアも気になっていた。

報告した内容は普段とあまり変わらない。

今回はクリスティアナを悩ませるような内容はなく、大きな問題はなかった。

領内に何の問題もない、とは言わないが、想定の範囲内に留《とど》まっているとクローディアも思っていただけに不思議がる。

上官の悩ましい表情が気にかかり、原因を尋ねる。

「クリスティアナ様、何か気がかりなことでも？」

クローディアに問われたクリスティアナは、部下に心配させたことを恥じているのか僅かに自嘲した。

悩んでいるのが顔に出ているとは思わなかったのだろう。

そんな普段と様子の違う上官を見て、クローディアは首都星での苦労を察した。

（帝国の首都星ともなれば、魑魅魍魎《ちみもうりょう》共の巣窟。そのような場所であの方を側《そば》で支えるとなれば、相当な苦労があるのだろうな）

クリスティアナは表情を緩め、普段の声色でクローディアに謝罪する。

『ごめんなさいね。報告は聞いていたわ。詳細については、私も後で確認します』

クローディアたちがハイドラでまとめた報告書は、首都星にいるクリスティアナたちに届けられていた。

バンフィールド伯爵家の規模ともなれば、電子データにまとめられた報告書の数も膨大だ。

いくら強化されて超人となった騎士でも、それら全てに目を通すとなれば一苦労だ。

凡百の騎士たちでは、一日がかりでも報告書を読み切れないだろう。

それをクリスティアナは事も無げに後で確認しておく、と平然と言う。

実際に後で全てを確認するのだろう。

クリスティアナは首都星にいても、ハイドラの詳細な情報を常に頭に入れている。

クローディアが定期的に報告をしているが、まるでハイドラに最近までいたかのように詳しく会話をしてくる。

そもそも、クローディアが行っている報告というのも、書類には反映されない情報を得るためだ。

常に最新の情報を手に入れ、主君を補佐する――それがクリスティアナである。

（この人には敵《かな》わないな）

クローディアも騎士として非常に優秀な部類ではあるが、そんな彼女から見てもクリスティアナは別格だった。

そんなクリスティアナでも、首都星での暮らしは楽ではないのだろう。

疲れを見せる上官に、クローディアは体調を気遣う。

「首都星での任務もお忙しいのでしょう？　倒れられる前に、休暇を取って休まれることを具申いたしますよ」

クローディアにしてみれば、気心の知れた上官に対する心配と軽口だった。

『そんなに疲れているように見えた？』

クリスティアナが少し驚きながら尋ねると、クローディアがクスリと笑う。

「えぇ」

肯定すると、クリスティアナは小さなため息を吐《つ》いて反省していた。

部下であるクローディアに不甲斐《ふがい》ない姿を見せたのが、恥ずかしかったのだろう。

同時に、部下を心配させた自分が許せなくもあるらしい。

『部下に気を遣われているようでは駄目ね』

「ちゃんと体を休めてください。倒れられては我々が困りますので」

おべっかではなく、クリスティアナの代わりはバンフィールド家にいなかった。

能力だけならば代役もいるのだが、その者に頼ろうという考えはクローディアは最初から持ち合わせていない。

ただ、クリスティアナは休暇を取るつもりがないらしい。

『休暇は無理ね。――それよりも、アタランテの開発は成功したそうね』

二人にとっては印象深い試作実験機の話題を振ってきた。

問題を抱えた欠陥機の開発が無事に終了しただけ――わざわざクリスティアナとクローディアが話題に出す必要もない話だ。

ただ、二人にとっては関係のある話でもある。

クローディアにとっては、教え子が成し遂げた成果だった。

――エマ・ロッドマン中尉。

彼女の元教官であるクローディアは、表情は変えないが内心では喜んでいた。

元教え子が、無事に大役を果たしたことを誇らしく思っている。

「あの子が難しい任務をやり遂げてくれました。ですが、昇進の前払いは済ませていますので、今回は成功報酬を与えた後に、長めの休暇を用意する予定です」

アタランテの開発を成功させた功績は大きく、十分に出世させる理由になる。

しかし、エマはアタランテの開発に関わる前に、昇進と昇格をしている。

少尉から中尉へ。

騎士ランクはDからBへ。

二年の時が過ぎているが、クローディアは昇進も昇格もさせるつもりがなかった。

これは嫌がらせという話ではなく、純粋にクローディアがエマを気遣っての判断だ。

急激な出世と昇格は、エマにとっても大きな負担となる。

当然ながら、出世をすれば嫌でも責任が増える。

野心が強く昇進と昇格を急ぐ騎士もいるが、クローディアから見ればエマはそのタイプではなかった。

そんなエマには、無理に負担を増やさない方がいいだろう、と。

その代わりに、休暇と金一封を与え、英気を養わせようというのがクローディアの計らいである。

それはクリスティアナも同意見らしく、クローディアの内心を察していた。

クリスティアナは微笑を浮かべている。

『昇進を急ぐ必要も無いわ。しばらくは中尉として、小隊を率いることに集中させてあげましょうか』

急な出世が本人のためにならないこともある。

有能ならば問題ないが、エマはパイロットとしては超一流でも騎士としては不器用だ。

出世欲も強い方ではないため、今回は昇進を見送るのがいいだろう、と。

ただ、クリスティアナはクローディアからの提案全てを受け入れなかった。

『でも、休暇は与えられないわね』

視線を落とし、難しい表情をする上官にクローディアは疑問を持った。

エマや部隊のことを考えれば、休ませるべきと思って抗議する。

「二年間の任務を終えたばかりですし、ある程度の休暇は必要です。無理をさせる理由はないと思いますが？」

クローディアは自分の考えが間違っているだろうか、と上官に尋ねた。

クリスティアナは、小さくため息を吐きながら理由を話す。

『あの方が帝国の第二皇子であるライナス殿下と本格的に争われることを決めたわ。しばらくは、軍も大忙しよ』

アルグランド帝国の第二皇子と争う。

同じ帝国内の伯爵と第二皇子が、敵対して政争を行うことを意味していた。

第二皇子と政争状態に入ると聞いて、クローディアは目をむいて驚いた。

これまでバンフィールド家は、首都星での政争に関わってこなかった家だ。

ここに来て政争に参加するなど信じられなかったが、クリスティアナが嘘《うそ》を言うとは思えない。

（あの方が本当に第二皇子と争うと決められたのなら、その理由は――継承争いか！）

第二皇子と事を構える理由はすぐに察しがついた。

「後継者争いに関わるのですか？」

『そうよ』

アッサリと認めてしまうクリスティアナは、既に政争の準備を開始しているのだろう。

クローディアはクリスティアナが疲れていた理由をここで知る。

「クリスティアナ様が疲れていた原因はそれですか。確かに、第二皇子の派閥と争うとなれば軍も休んではいられませんね」

エマたちに長期の休暇を与えている暇がないと、クローディアも悟った。

何しろ、相手は帝国の第二皇子だ。

第二皇子ライナスを支えている貴族たちは多く、首都星では大きな派閥を作っているという噂《うわさ》はクローディアにも届いていた。

そんな第二皇子と争うとなれば、騎士である自分たちも忙しくなると容易に想像ができた。

騎士の活躍場所は何も戦場ばかりではない。

その超人的な能力を活《い》かして、官僚として働いている者も多くいる。

クリスティアナは、エマたちに与える任務について話をする。

『元アタランテ開発チームは、一度第七兵器工場で整備を受けさせます。そこで特務を行う艦隊と合流させるわ』

第七兵器工場で艦隊を集結させると聞いて、クローディアは不可解に思った。

何故《なぜ》第七兵器工場に艦隊を集結させるのだろうか？　と。

「ハイドラではなく、第七にですか？」

『中尉たちにしてみれば、第七は二年ぶりかしらね？』

二年前にアタランテと母艦のメレアを改修したばかりである。

エマたちにしてみれば、二年ぶりに第七へ向かうことになる。

「ええ、その際に傭兵《ようへい》団の襲撃を受けていましたね」

第七兵器工場へ傭兵団が襲撃をかけたのは有名な話だ。

居合わせたバンフィールド家の艦隊が、被害を最小限に押さえ込んでいた。

クローディアも味方の活躍を聞いて誇らしく思ったものだ。

その戦いの報告書を読んだクリスティアナは、嬉《うれ》しそうに微笑《ほほえ》んでいる。

『中尉はその戦いでも活躍したそうね？　元教官としては、教え子の活躍が嬉しいのではなくて？』

からかわれたクローディアは、僅かに頬を赤らめつつ表情を引き締めた。

「自分は教官として未熟でしたから、教え子の活躍は本人の力量によるものです」

素直に教え子の活躍を喜ばない部下に、クリスティアナはつまらなそうにする。

『相変わらず堅いわね。――冗談はここまでにしましょうか』

クリスティアナがクローディアをモニター越しに真剣に見つめる。

『アタランテの母艦であるメレアは、本来の任務を開始させます』

「本来の任務？　特務とは別件でしょうか？」

元来メレアは辺境治安維持を目的として軽空母だったのだが、クリスティアナの口振りでは別の任務を言っているように聞こえる。

察していないクローディアに、クリスティアナが微笑みながら言う。

『何のためにメレアを技術試験艦に改修したと思っているの？　今後もメレアには、新型機のテストを行ってもらう予定よ』

「技術試験艦本来の役割ということですか。――中尉はともかく、メレアのクルーにその役目が適切かどうか」

わざわざ旧式艦を改修した理由は、何もアタランテのためだけではなかった。

技術試験艦として今後も運用するためだ。

そのために設備を揃《そろ》えさせている。

だが、そんな技術試験艦を運用しているのは、やる気のない旧軍の連中だ。

クリスティアナもそこが気になっているらしい。

『そこは頑張ってもらうしかないわね』

「無理に特務に参加させる理由はないように感じられますが？」

『――私は反対の立場だけれどね。ただ、あいつが強引に参加させると言うものだから』

「あいつ？」

クローディアが首をかしげると、クリスティアナは諦めた表情をする。

決定事項を今更覆せないからだろう。

『特務艦隊を率いるのはマリー・マリアンよ』

「なっ!?」

その名を聞いて、クローディアは思わず声を出すほどに驚いてしまった。

指揮官の名を聞いてすぐに、クローディアはエマの心配をする。

「ロッドマン中尉が壊されますよ。私個人としては命令の撤回を求めます。クリスティアナ様であれば、今からでも間に合います」

頼りにしている上官が否と言えば、命令は覆るとこの時は思っていた。

だが、クリスティアナは頭を振る。

『それが可能ならば、私の方で止めていたわよ。どこで嗅ぎつけたのか、あの方に直接ロッドマン中尉を名指ししてね。この命令はあの方の承認を得ているわ』

クローディアもあの方が許可を出したと聞いては、引き下がるしかなかった。

「――それではどうにもなりませんね」

『えぇ、そうね。私たちにできるのは、ロッドマン中尉が無事にハイドラに戻って来られるよう祈ることだけよ』

◇

元アタランテ開発チームが、二年ぶりに第七兵器工場へとやって来た。

メレアがドックに固定されると、派遣されていたマグたちが艦を降りていく。

艦を降りた場所で、エマたちは二年間も一緒に開発に関わってきた技術者たちと挨拶をしていた。

モリーがマグに抱きついて泣いていた。

「マグちゃん、元気でね！」

「モリーのお嬢ちゃん、わしの方が年上だって教えただろ。それなのに、最後までマグちゃんって呼びやがって」

呆《あき》れつつも嬉しそうなマグは、目に涙を浮かべて別れを少し惜しんでいた。

二人の姿を見て、エマは苦笑していた。

「本当に仲良しでしたからね。――えっと、あたしはこのまま第七に挨拶に行きますね。オプションパーツの受け取りとか、打ち合わせもあるので」

モリーに抱きしめられたままのマグが、そんなエマに同行すると申し出る。

「それなら一緒に行こうか。わしも報告をしないといけないからな」

「構いませんよ」

「それにしても二年ぶりの帰郷だな。お嬢ちゃんも色々と懐かしくないか？」

懐かしいかと問われて、エマは第七で経験した日々を思い出す。

強く印象に残っているのは、自分を助けてくれたジャネット大尉と——自分たちを欺き、襲撃してきたシレーナだった。

「——そうですね。ここは色々と印象深い場所でしたから」

エマとマグの二人は、そのままドックエリアを出て行った。

◇

ネイア内部にある建物。

そこは第七兵器工場の中枢部だ。

エマとマグの二人が検査を終えて中に入り、打ち合わせを行う担当者が待つ部屋を目指していた。

ドック内とは違い、歩いているのはスーツを着用した事務系の職員たちだ。

どうやらマグは、この建物を苦手としているらしい。

「久しぶりに来てみたが、油と機械の匂いがしない場所は落ち着かないぜ」

さっさと終わらせて帰りたいようだ。

居心地悪そうにしているマグの横を歩くエマは、その意見に同意する。

「あたしも堅苦しいのは苦手ですね」

そんなエマの意見を聞いて、マグは「そりゃそうだ」という顔をする。

二年も一緒にメレアで過ごした開発チームのメンバー同士だ。

日頃の生活だって互いに見ているわけで。

「軍隊生活を送っていると、どうしても恥じらいってものが消えていくからな。モリーのお嬢ちゃんもそうだが、エマちゃんも随分と気が緩んでいたと思うぜ」

「へ!? そ、そんなにですか？ 流石《さすが》にモリーほど緩んではいなかったと思うんですけど？」

マグに言われるほどでもなかったはずだ、と言いながらも、エマは思い当たる節があるのか恥ずかしさに顔を赤らめていた。

マグは小さなため息を吐《つ》き、それからエマの今後のためを思って注意をする。

「ドワーフも同じだが、人間っていうのは環境に嫌でも影響を受けるからな。わしとしては、エマちゃんはメレアを降りた方がいいと思うけどな」

マグに言われて、エマは立ち止まった。

「――え？」

予想もしていなかった言葉に、唖然《あぜん》としてしまう。

マグの方も立ち止まり、エマを説得しはじめる。

「開発チームとして同乗したが、悪いがお世辞にも上等な連中だったとは言えないぜ。そもそも、エマちゃんの小隊だって、モリーのお嬢ちゃん以外はやる気がない。いや、モリーのお嬢ちゃんは例外だな。あれは、機械いじりをしているだけで幸せって質の人間だし」

目頭を指で挟むように揉《も》みながら、マグは話を戻す。

「とにかく、わしはメレアを降りるべきだと思うな。――このまま、エマちゃんがあいつらに染まっていくのは見たくない」

やる気を感じられないメレアのクルーたちを目の当《ま》たりにして、マグはエマが影響を受けて悪い方に流れるのではないか？　と心配していた。

メレアを貶《おとし》めると言うよりも、エマを心配した純粋な善意からの発言だ。

マグが歩き出すと、少し遅れてエマも動き出す。

「――あたしは、メレアの人たちに立ち直ってほしいです」

エマが自分の気持ちを吐露すると、マグは降りろとは言わなくなる。

「そうかい。まぁ、エマちゃんの人生だからな。好きにするといいさ」

エマはマグの隣を歩きながら、メレアのクルーたちを思い浮かべていた。

過去、ハイドラを命がけで守ってきた軍人たちだ。

今は心が折れてしまっているが、このまま見捨てることはエマにはできなかった。

(どうすれば、やる気を取り戻してくれるのかな？)

母艦は改修した。

新型機動騎士も配備した。

それでも、メレアのクルーに大きな変化は訪れなかった。

相変わらずトレーニングを行わず、任務中にもやる気が感じられない。

エマの思惑は外れてしまっていた。

考え込んでいると、十字路になった通路に近付いた。

そこから、怒鳴り声が聞こえてくる。

「話を聞いているのか、ニアス！」

知っている名前が聞こえたため、エマは思考を止めて声がした方を向く。

声は十字路を右折した先から聞こえてくるため、エマとマグの二人は顔を見合わせてうなずき合う。

そして、壁から顔を覗《のぞ》かせて、怒鳴り声が聞こえた現場を覗き見た。

そこには、ニアスが上司と思われるスーツ姿の男性に詰め寄られていた。

ニアスは壁際に追い詰められている。

一見すると迫られて口説かれているようにも見えたが、上司の顔を見ればそれはないと容易に想像できた。

顔を赤くし、鬼のような形相をしている。

対して、壁を背にしたニアスは視線を逸《そ》らしてどこ吹く風だ。

「お前はどれだけ私たちに迷惑をかければ気が済むんだ！」

何やら問題が起きたらしいが、ニアスの方には迷惑をかけたという認識はなかったらしい。

ポケットから飴玉《あめだま》を取り出すと、口に含んでから答える。

「問題解決に協力しただけです。あの計画を進めていたら、どのみち暗礁に乗り上げていましたよ。むしろ、感謝してほしいくらいですよ」

「感謝だと!? どの口が言っている!」

無表情――目の下に隈《くま》を作り、髪の毛はボサボサのニアスは、上司を前に態度を改めるつもりはないようだ。

覗いていたマグが、上司について語る。

「おいおい、相手はかなり上のお偉いさんじゃないか。全く、ニアスのお嬢は本当に怖いもの知らずだな」

「そんな人にあの態度って――ニアスさん、凄《すご》い人なんですか?」

「いや、うん。凄いには凄いんだが、世捨て人っていうのかな? 周りの評価を気にしないというか、何というか――まぁ、興味を持たない相手にはあんな態度だな」

ニアスに興味を持たれていない上司は、憤慨しながら言う。

「今度という今度は許さんぞ。しばらくは、開発から離れてもらうからな! また営業に回してやろうか?」

相手はニアスよりも年上で、第七兵器工場の幹部なのだろう。

人事にも口を出せる立場なのは間違いない。

だが、そんな相手を前にしても、ニアスの態度は変わらない。

上司から顔を背け、小さくため息を吐いていた。

開発から離れろ、と言われているのに堪《こた》えた様子がない。

そもそもこの時間が無駄、と言いたげな顔をしている。

マグはその態度を見て、何とも言えない顔をしている。

「ニアスのお嬢は相変わらずだな」

マッド・ジーニアスと呼ばれるニアスは、以前から不遜な態度が目立っていた。

圧倒的な実力で周囲を黙らせている孤独な天才――それがニアスに対するエマの評価だ。

「ニアスさんって気難しいですよね。誰にも心を開いていない感じがします」

すると、マグが一瞬驚いてから――口を大きく開けて笑い出す。

「確かに気難しいし、心を開いている姿も見たことがないな。だけどな、ニアスのお嬢にも敵《かな》わない人がいるんだぜ。その人の前では、別人になるって噂《うわさ》だ」

目の前でふて腐れているニアスが、別人のように振る舞うと聞いてエマは信じられなかった。

「それ、本当ですか？」

「お嬢がここに来て数年の頃だったかな？　今よりも人当たりは良かったんだが、やっぱり人付き合いで問題を起こしていたんだよ。上層部が少しはコミュニケーションを学んで来い、って販売員をやらせていた時期があった」

腕を組みしみじみと語るマグだが、エマにとっては信じ難い。

「ニアスさんが販売員をしている姿なんて想像もできませんよ。というか、幹部相手にふてくされている姿を見ていると、とても信じられませんけどね」

「まぁ、能力に比例して性格に難があるからな」

マグに性格が悪いと言われるのも仕方がないだろう。

二人が話をしていると、ニアスの端末から着信音が鳴る。

それは重要な人物からの連絡だったのか、ニアスがビクリと体を震わせていた。

説教中に着信音で邪魔された幹部は余計に怒るだろうな、と思っていたエマだが――幹部の方も様子がおかしい。

驚いて目をむいているし、何やら冷や汗をかいている。

幹部も誰からの通信かを理解しているのか、ニアスを指さしながら説教を切り上げてしまう。

「お客様の呼び出しだ。今日はここまでにしてやる。――いいか、絶対に失礼のないように応対しろよ！　わかっているな！」

念を押してから逃げるように去って行く幹部を見て、エマは首をかしげた。

何より驚かされたのは、ニアスの様子だ。

先程までの不遜な態度は消え去っていた。

オロオロと慌てはじめている。

マグの方は何か知っているのか、ニヤニヤしていた。

ニアスが周囲を見渡し、手頃な部屋を探し始める。

相手との会話を聞かれたくないようだ。

その際、ニアスは手ぐしで自分の髪を整えていた。

エマは驚いてギョッとする。

（ニアスさんが見た目を気にしている!?）

幹部を前にだらしない恰好《かっこう》を晒《さら》して平気な顔をしていたのに、今は慌てて身なりを気にしている。

それだけ重要な相手なのだろうが、幹部は「お客様」と言っていた。

個人的な関係者――恋人などではないのだろう。

だが、それが余計にエマを困惑させる。

（ニアスさんが身なりを気にする相手っているんだ。――ん？）

そして、エマはニアスを見てもう一つ気が付いた。

個室を見つけて部屋に入る瞬間だが、確かにニアスがほんのりと顔を赤らめているではないか。

驚きすぎたエマは、叫びそうになって両手で口を押さえた。

ニアスが個室に入り、見えなくなるとマグに話しかける。

「――ニアスさんでも、あんな顔をするんですね」

エマの反応が面白かったのか、マグは口を大きく開いて笑っている。

「わしたちは何度も見ているけどな。だが、相手を知ったらお嬢ちゃんは驚くんじゃないか？」

ニアスがあんな顔をする相手は誰なのか？　エマは気になり始める。

どうやら、マグは相手も知っているようなので、聞いてみることにした。

「誰なんですか？」

マグは少し考えてから、頭をかく。

「う〜ん、エマちゃんも知っている相手ではあるんだが――」

「あたしが知っている人ですか？　え、誰だろ？」

首をかしげるエマに、マグは何かを思い付いたのか意地の悪そうな顔をする。

「あ〜、これは黙っていた方が面白そうだな」

言わない方が面白いという判断を下したマグに、エマは食い下がる。

「え〜、教えてくださいよ。あたしも、ニアスさんが苦手な人を知りたいですし」

好奇心から尋ねてくるエマを置いて、マグは歩き出す。

「大事なお客様の情報は教えられないな。守秘義務って奴《やつ》だ。まぁ、そのうちにわかるって」

◇

第七兵器工場のドック。

そこには、首都星からやって来た宇宙戦艦の一団が入港していた。

超大型輸送船も加わる一団は、港に来るとクルーにつかの間の休暇を与える。

その中には、騎士の青年がいた。

彼は部下である騎士たちを連れ歩いていた。

青年が港で立ち止まり、一隻の戦艦を見上げる。

円柱状のドック内。

天井――反対側に見えるのは、軽空母のメレアだった。

立ち止まって空を見上げている青年――上官を不審に思ったのか、部下たちは何事かと尋ねてくる。

「ラッセル隊長、どうかされましたか？」

青年の名前は【ラッセル・ボナー】。

騎士としてはエリートコースを歩むラッセルは、エマとは同期の間柄だ。

騎士学校を卒業した後に、すぐに首都星に滞在する領主の護衛に選ばれていた。

そんな彼がこの場にいるのは、機動騎士の小隊を率いてある任務に参加するためだ。

ラッセルは部下の質問に答えを濁す。

「――いや、何でもない」

ラッセルが歩き出すと、部下たちも後に続く。

ラッセルの部下は二人。

そして、二人とも優秀な騎士である。

部下の一人が話題を振ってくる。

「そういえば、噂で聞きましたよ。何でも新型を開発していた連中も、今回の任務に参加するみたいです」

もう一人の部下もその話題に乗った。

「ネヴァンのエース専用機らしいですね。うちにも配属されないかな～」

軽いノリが目立つ騎士たちだが、ラッセルを含めて全員がエリートコースを歩んでいる騎士たちだ。

彼らは今回の任務のために、わざわざネヴァンタイプの新型カスタム機を用意されている。

騎士のみで編制され、新型機のカスタムを受領する小隊だ。

バンフィールド家の中で見ても精鋭部隊と呼べるだろう。

ノリの軽い部下たちにやや呆《あき》れつつも、ラッセルは生真面目に答える。

「ネヴァンを開発したのは第三兵器工場だ。第七でネヴァンタイプの補充はない」

部下二人が肩をすくめる。

「ざ～んねん」

「というか、俺たちも新型機を受領したばかりですけどね」

もう一人の部下が、その意見に反論する。

「新型でもカスタム機でしょ？　僕は専用機が欲しいの。今回の任務で活躍したら、上がご褒美に用意してくれないかな？」

随分と傲慢な言動が目立つ部下たちだが、バンフィールド家の騎士学校を優秀な成績で卒業していた。

階級は中尉。

そんな彼らを率いるラッセル自身は、既に大尉に昇進している。

ただ、騎士ランクはCのままだ。

実戦経験が乏しいとされ、騎士ランクの昇格は見送られていた。

そして、ラッセルは先にBランクに昇格した同期の存在を強く意識している。

——エマ・ロッドマン。

かつて自分が騎士を辞めるべきと告げた同期は、今では自分を追い抜いてBランクに昇格していた。

(——どちらが上かハッキリさせてやる。落ちこぼれのエマ・ロッドマンに、この私が負けたままでいられるか)

エリート騎士としてのプライドから、ラッセルはエマを強く意識していた。

階級では勝っているが、騎士ランクでは劣っている。

それが、ラッセルには許せなかった。

ラッセルなりの意地と、エリートとしての誇りが、エマを認めたがらない。

(今回の任務で白黒つけてやる。待っていろよ――エマ・ロッドマン!)

あとがき

『俺は星間国家の悪徳領主！』外伝である『あたしは星間国家の英雄騎士！』の二巻が無事に発売されました!!

続刊が出るって本当に素晴らしいですね。

作家としてデビューして十周年になるのですが、続刊が出せることに毎回幸せを感じております。

ちなみに、『あたしは星間国家の英雄騎士！』二巻が十周年を迎えて一発目の書籍となりました。

まさか外伝作品が十周年の節目を飾る作品になるとは思ってもいませんでした（笑）。

気が付けば自分も作家として十一年目に突入しましたが、次の十二年目を迎えられるよう頑張りますので応援よろしくお願いします。

さて、個人的な話ばかり書いてもつまらないので、今回は外伝に登場する本編キャラクターについて書かせて頂きます。

今巻で一番驚かれた本編キャラクターは、ニアス・カーリンでしょうかね？　他にもクラウスやチェンシーなども登場していますが、ニアスほど本編とかけ離れたキャラクターではなかったと思います。

今巻では、本編では絶対に見られないだろうニアスの一面が描けました。

本編主人公であるリアムの前では、絶対に見せないだろう姿ですよ（笑）。

ウェブ版に投稿した時は、同姓同名の別人ではないか？　と疑われましたけどね（笑）。

同一人物ですので、そこは安心してください。

実はパラレルワールドで～という展開はありません。

今巻のニアスも彼女の一面です。

この作品をウェブに投稿する前に、自分は外伝作品でやりたいことを幾つか考えていました。

その一つが、外伝に本編キャラクターを登場させる、でした。

すれ違う程度の登場ではなく、ガッツリ登場させてやろう！

ついでに本編では見られないキャラクターたちの側面を書いたら楽しそう！

そんな気持ちで書き始めましたね。

その頃は書籍化なんて考えていませんでしたから、本当に軽い気持ちでスタートしました。

主人公のエマちゃんの視点で、世界観だけでなく本編のキャラクターたちがどのように見えるのか？

本編だけでは補えない部分を、外伝で楽しんで頂けたら幸いです～。

それでは、今後とも応援よろしくお願いします！

お客様からの呼び出しに慌てる人

今後ともよろしくお願いします。

高峰ナダレ

OVERLAP

あたしは星間国家の英雄騎士！②

発　行　2023年9月25日　初版第一刷発行

著　者　三嶋与夢
発行者　永田勝治
発行所　株式会社オーバーラップ
〒141-0031　東京都品川区西五反田 8-1-5
校正・DTP　株式会社鷗来堂
印刷・製本　大日本印刷株式会社

Printed in Japan　ISBN 978-4-8240-0604-2 C0193